U0951092

EVERIGHT BOOK 永正图书

ENJOY LIFE FREER ENJOY HAPPY READING

ChenChun
Works
陈纯
著

那些被我们辜负的人

THOSE WHO WE OWE

中国友谊出版公司

爱情最美妙的地方，就是两个人从不同的方向走来，
最后却走到同一条路上去。

男人这种狼心狗肺的生物，
如果惦记某个姑娘，
那多半是因为她身上带着他过去的痕迹。

对“命运”的无力，确实是最让人悲伤的事。
爱情也无能为力，道德也无能为力，荣誉也无能为力。
唯一能短暂战胜命运的，只有人的“记忆”，
所以，那些史诗、那些歌谣、那些悲伤的故事，
被一代代人吟诵、诉说，激发人的灵感，鼓舞人的生存。

每一个时代，每一个年龄层，
有一些既不愿在现行体制里力争上游，
也没有底气完全放弃数值上的东西投身理想的“高级游民”。

爱情让我们更了解俗世的生活，但却没能
把我们拉进共同生活。

我心目中的失败感情，是那些雁过不留痕，连一声叹息都没有留下的关系。

正因为有未知，我们有时才会错过，才会做错，
这些“错”，是人类的局限性造成的，谁也没有办法。

目录

序　五厘米下深海

002 / 那些被我们辜负的人
018 / 论共同生活
030 / 重　遇
042 / 烟花的错
054 / 你是我的莎乐美
080 / 若干年后，如果我遇到另一个你
106 / 圆　圆
228 / 一些理想主义的故事
244 / 后记　爱情之于我

序　五厘米下深海

文 / 棨時雨

一

作为一个安静的文字创作者，他让故事有风暴。

二

2012 年认识陈纯，那时候他在豆瓣已经积累了不少读者。姑娘们喜欢他的故事，喜欢故事里的他，他也时常收到一些慕名寄去的邮件，偶尔会语气淡淡地讲给我们听。

然而我对他的定义依然止于：好友 Y 的室友，会毫不吝啬地夸赞我的诗词，哲学家，没有人比他更适合戴窄框眼镜，懂文学的“蹭得累”，有故事的大傲娇。

后来。

我们认识了小佳。

那天晚上，我们照常在微信群里讨论他的某篇新作。站在编辑的角度，我职业病爆发般发表了不少感想，说着说着忽然想起动画导演新海诚的代表作《秒速五厘米》，远野贵树在暴雪的黄昏乘电车从东京去往枥木，一路走走停停，终于在深夜车站的昏黄光线中见到了一直等他的明里。之后许多年，不管是鹿儿岛铺满云影的山丘，还是小田急线樱花吹雪的午后，交往的女友分了又换，那个真正占据他左边的存在，始终都是同一个人。

原来在哪里都是如此，想念，思慕，对峙，伤害，放弃，遗忘，我们遇见不一样的，但我们的遇见其实是一样的。

我想我大概懂得了那些邮件担负的情绪。

陈纯讲述的这么多故事其实只是一则故事，它是尚未走失的青春，清淡冷静地记录着一个男子与他爱慕的姑娘，他们之间所能发生的全部遇见和离散。

轻描淡写，最是暗箭伤人。

所有属于我们的过去都被他完好地保存在文字里，等一场似曾相识的狭路相逢。

三

哲学与爱情，是陈纯书写的起始，以及终局。

他笔下的男主不停面对与爱情共生的虚空和悲伤，但他既没有选择虚空，也没有选择悲伤，他只是离开。

同消失共处，放弃一切似是而非的得到及得不到。

葬过花，红过心，忽远又近。

一点都不童话，甚至称不上温柔，连虚拟的治愈都不屑给。

爱情就是世俗最无常的样子，病痛丛生，求不得，已失却。

他如实地还原这些情感，用最积极的态度，做最冷淡的告别，连带着其间的哲学观点都生出冷静又孤傲的气质，亦从不赋予廉价的乐观，哪怕因此导致爱慕他文字的人和憎恶他文字的人一样多。

并且他对遣词造句十分挑剔，一段描述反复修改好几遍，几近偏执。

我敬佩陈纯对书写的挑剔，是这种挑剔给了他放弃的决心，放弃解释，放弃招揽，仅仅是，让懂得的人自动靠近。

四

这本书致力于注解幻灭。

如同隅田川边的艳丽花火，“砰砰砰”开在深蓝夜空，以音声，以气味缝合云层的每一道罅隙，又随视线蜿蜒成冰凉的水汽，洗净某年夏天的起承转合。

如果你也经历过凛冽的漫长青春期，经历过爱与挣扎，经历过蓝色期许灰色熄灭，那么，你也许愿意读一读这些文字，它们曾经是废墟，现在是幻境，在你快要忘记的时候，携了漫山遍野的记忆戳破成长后的伪装。

那些记忆。

告别以后，永垂不朽。

那 些 被 我 们 辜 负 的 人

我心目中的失败感情，是那些雁过不留痕，连一声叹息都没有留下的关系。我甚至可以不管大家有没有“成长”，在我看来，以有没有“成长”来看待一段感情的优劣，是一种肤浅的功利主义心态。

那些被我们辜负的人

昨晚在饭桌上听到朋友的前女友结婚的消息，恰好在座的另一位兄台和我喜欢多年的一个姑娘是至交，现在她也有着一个美满的家庭。于是我和朋友私下讨论了这个问题，他得出的结论是：也许我们不配获得爱情。

可惜他感慨了一半就走了，留下我一个人写这篇文章。我觉得他走前定的基调不对，我差点写成一篇《人渣忏悔录》。我努力想从过往的事迹里找出我们是“人渣”的证据。没错，从某个方面说，我们真的是人渣，不过我们是人渣这点，跟我们到现在都没有结婚这点，没有任何因果关系。

这是这鸟人谈得最久的一次恋爱，历时近三年。我跟他们一起吃过一两次饭，鸟人的前女友并不讨喜，比超玉大二时的女友要好一些，但比元祐大四的女友要差得远。当然，总体来说，鸟人和她在一起，我既不支持，也不特别反对。如果要拿节目做比喻的话，她虽然不是BBC纪录片，但也差不到新闻联播的级别。她从来没在他面前挑拨过我和他之间的关系，在我看来这个“兄弟的女人”已经可以了。

她催过他好几次要结婚，他都以“事业未成，何以家为”搪塞了。这是个借口，因为鸟人根本就没想过要和她结婚，这也是大实话：男人没事业基础结什么婚？男人有事业才结婚，跟男人有套才做爱一样，对男女双方来说都比较安全。后来，这个理由果然拖不下去了。昨晚他在饭桌上说，她分手后半年就结婚了，他一点也不觉得奇怪。只是私下跟我说，觉得有点惆怅。

每当现实出了问题，我们就反省自己，这是个好习惯。不过从因果定律来说，有些事的成败，跟人没有关系，纯粹是运气问题。什么事都要找人负责任，这是现代思想里很荒谬的一部分。古希腊人的悲剧都是围绕着“命运”来写的，为什么？因为他们意识到存在着许多人力无法改变的因素，在这些因素之下，善与善都会产生冲突，这是人类悲剧的根源。现代的功利主义和责任制政府，在某个程度上是“强人所难”。某些功利主义要求人要尽可能创造最好的后果，否则人就对不那么好的后果负有责任。某些政治哲学也要求政府为管辖地域内的所有不好的事情负责。客观来说，这些都是无理取闹。好了，我说了那么多废话，其实意思无非是：人类不要那么自恋，我们压根就没那么重要！

要找人为失败的感情负责任，这件事更难。几年前我有逛豆瓣的习惯，那些催人泪下的直播帖，下面都有几个人义正词严地站出来，说：楼主，可怜之人必有可恨之处。然后吧啦吧啦列举一堆楼主的“罪状”。平心而论，那些都是鸡蛋里挑骨头。可现代人就是这样啊，总要有人为“失败”负责任，你们没有走到最后，那你肯定也有责任。

问题是，我们为什么要把没有走到最后的感情归为“失败”呢？曾经有个人追着我打听我的恋爱经历，我虽然觉得这人不长心眼，但也基本告诉了他。说完，他摆出一副审判者的模样说，从这些失败的感情里，你得出什么教训了吗？这些教训下次能帮助你找到真正的爱情吗？我说，我还真不觉得这些是“失败的感情”。我心目中的失败感情，是那些雁过不留痕，连一声叹息都没有留下的关系。我甚至可以不管大家有没有“成长”，在我看来，以有没有“成长”来看待一段感情的优劣，是一种肤浅的功利主义心态。我看重的是什么？是记忆。我说的不是这些记忆能够给我创造多大的“快乐”（那样的话我也是功利主义者了），而是看它们在我的自我叙事里，能占据什么样的地位。因此，通常在一段感情过去一年以后，我才有办法评价它。在这方面，我真的是个很“慢热”的人。

前两天我刚对一个女生说我们不合适，说来奇怪，跟她说完后，我比她还难过。我并不是很喜欢她，我难过的是，一个条件跟我这么合适的姑娘，我都没法喜欢上她。我真是注定孤独一生了。

我想起我第一次拒绝姑娘。她参加了所有我有可能出现的活动，厚着脸皮跟着我们几个去我朋友家，故意和我坐同一辆公交车再转车回家，比我追我初恋时都要辛苦多了。我记得我第二次拒绝她的情形，我们在一个小公园走，我说，你是个很好的女生，不过我真的不适合你。当时我也很难过，我想的是，这么好的女生喜欢我，我都没法喜欢上，看来我注定孤独一生了。我看到她眼眶红了，眼泪很畅通无阻地掉了下来，我连上去给她一个拥抱都做不到，因为抱了，我前面说的那番话就没有用了。

第三次拒绝她后，我觉得我已经彻底没有底气了。最后我跟她说，既然你这么坚持，那我们就试一试吧。结果如我所料，我的感情是培养不了的。分手的时候，她在电话那边哭得差点昏迷过去，我却在惦念着手边那篇没有看完的芥川龙之介的小说。有一回我们一起坐车，不知怎么就讲起了结婚这个问题，我说，我应该是不会结婚的人。她听了，好长一段时间不说话，我问她怎么了，她说："一段没有憧憬的感情，怎么可能走得下去？"我说："难道你觉得我们会结婚？"我们才高二，离我们可以结婚的年龄，至少还有五六年。她说："但你预先排除了这种可能性，对我不公平。"

无独有偶，我大一的那个女友，也是在我说不打算结婚的时候跟我提出分手的。几年后，她嫁给了武汉的一个富二代。我高中的女友毕业前去法国实习，后来嫁给了当地的一个华裔。我每次看到她们和丈夫、孩子的幸福照片，我就庆幸当初我没有坚持。我这样想，在很多女生看来，简直该千刀万剐。我不知道我在她们生命中意味着什么（也许是那个让她们成长的“人渣”？），但是我从来没后悔跟她们在一起过。高中女友送我的那本《中国通史》，大一女友送我的手织围巾，我到现在还保留着。

你说我没有反省过吗？我反省过很多次。要是反省可以解决问题，我们的悲剧会少很多。我的悲剧是：这些对我这么好的女人，我都不够喜欢，而我不够喜欢她们这点，并不是我可以控制的。如果我们能分辨什么事是我们可以控制的，什么不可以，我们会减少很多误会。

我的另一个悲剧是：我经常要等到很久之后，才发现我真的喜欢一个人，这个时间长达一年之久。有另外这么一个故事，去年三月，因为朋友的缘故，我认识一个姓敬的姑娘。她是我朋友的前女友。我们认识的时候，他们已经分手好几个月，但是前后还不到半年之久。在我的观念里，朋友分手不到半年的前女友，依然是“阿嫂”，“勾义嫂”在我看来，是有违道义的。所以从认识的第一天开始，我就对她没有任何非分之想。

我去年去北京讲学，回程的时候绕道往南京去了一趟，就是去见她。她约我去当地一家很出名的清吧，我们吃西餐，喝鸡尾酒，全程充满笑声。话题里没有涉及我的朋友，我以为她基本放下，于是觉得对朋友可以有个交代了。朋友曾经不无惋惜地说：如果她来找你，你帮我好好安慰她。我真的经常充当这种很多余的角色。

那晚风有点大，走出酒吧的时候已经是午夜，她穿着一件露肩的白色薄纱连衣裙，我们在路口等出租车。车来得有点慢，过了一会儿，她把几根头发拨到耳后，笑着问：“陈老师，你冷吗？”我马上反应过来。当时我穿的是一件黑色休闲西装，里面还有一件打底。我说：“我不冷，而且我一直琢磨着一个合适的机会给你披上外套，现在机会来了。”于是迅速脱下，缓缓给她披上。一会儿，她又问：“陈老师，你的香水是什么牌子的？”我挠了挠头说：“BURBERRY？这是我妹买给我的，我也不是很了解。”她笑着说：“味道很好，比他品位高多了。”

敬姑娘偶尔会发信息给我，抬头都是“陈老师”，于是我也叫她“敬老师”。几个月后，她问，能不叫我“老师”吗？疏远了。我说你不也叫我“陈老师”吗？她说你不一样，我看你的文章都学到不少东西，叫老师是应该的。我说那你的好朋友叫你什么？她说，她们都喊我“敬敬”，我笑道，好，我以后也这么喊。

敬姑娘本来在上海一家外企上班，后来辗转去了南京，跟着一个老板创业，我在南京见她的时候，她正在搞各种手续。正式落户以后，她到广州找过我一次。

她公司有一笔生意在从化需要跟进，她在那边鸟不拉屎的地方待了几天，找了一个傍晚溜出来找我吃饭，我们约在上下九步行街见面。我带她去吃一心鸡，后面又领着她，往老城区那边走，我们走到恩宁路那里，我对她说了我去年平安夜和施璐雅的故事，她笑着说：“真浪漫，平安夜我第一次在上海见到那混蛋，他当晚就骗了我。”这话翻译成直白的话就是：你真屌丝，平安夜人家在啪啪啪，你在拍照片讨好一个不是女神的傻妞。我想到这个翻译的时候，当场就笑了。她问你笑什么，我一边笑一边摇头。

我们走过荔湾湖公园的时候，她和我讲她家狗狗的故事，那只狗总是吃自己拉出来的粪便，有时还会把粪便当作美味的食物推到她面前，想和她分享。我说：“这个晚上就这样被你毁了。”她说：“那换个话题。”于是我和她说了上个星期苜蓿来找我的事。她说：“陈老师，那姑娘是喜欢你的呀。”我说：“不可能，我和她只是很好的朋友。”她笑着说：“男女之间哪里有纯友谊？”我适时地问：“那我和你算是什么关系？难道因为我和你前男友睡过一张床，所以我和你现在是情敌？”她局促地辩解，不过辩解得不成功，我也是第一次见到她局促的样子。我最后说的那句话当然是开玩笑，我也没觉得她会喜欢我，在她面前，我连心态也是小心翼翼的。

随着“半年”渐渐远去，我们的关系也愈益自然。八月的时候，她有一次重感冒进医院，一个人打吊针。我半心疼半开玩笑地说：敬敬，你怎么这么苦逼呢？那些追你的男人哪里去了？这就是表现的时候啊。她说：是有男人说要来，不过我现在不想见到他们。我说：你不要这么倔强，女强人也是需要男人的怀抱的。她停了很久，终于给我发了一句：我希望是你的怀抱。我收到这个信息有点惊讶，我并没有把她看作和那些经常找我倾诉的姑娘有什么不同。我回道：我以为你讨厌被男人乘虚而入。她说：我不介意被你抱，你是我喜欢的人。

我要承认的是，即使是现在我回忆这件事的时候，我也不能肯定那句话的意思是它字面说的那样，何况它字面有好几个意思。敬姑娘病好了以后，偶尔会发信息问我：陈老师，你毕业后有可能来南京发展吗？我说：也不是不可能，南京的高校不少，气氛我也喜欢。她笑笑说：那就好。我说：看你这种身体状况，我得找间跟你比较近的房子。她问：为什么呢？我说：这样我看望完你，回家就方便了。她说：没关系啊，你可以睡我那。我笑笑没回。

这个故事有一个令看官失望的结局。我听了那些话，没有跟她表白，也没以别的方式试探。原因有几个：我怕她前男友介意，我毕业后有可能去不了南京，最重要的是，我不确定我们真的喜欢彼此。作为一个美丽的女强人兼女文青，她在微博上的粉丝将近一万，每发一条微博，回复一百以下都是算少的了；我对自己捉摸不透的感情也是没有信心，我需要时间来确定，这个时间，就是我前面说的，一年。

年底的时候，有一天我妹妹在刷优酷，看到一个视频，禁不住嘀咕道，现在的人真浮夸，求婚也弄得众所皆知。我凑过去看了一下，在南京夫子庙门口，女主角是复旦毕业的，姓敬。我大概知道是怎么回事了。我不能说我痛彻心扉，但是确实感到心脏在做自由落体运动的感觉。我妹妹还在那边念下面的文稿：女主角说，他们是父母介绍认识的……

我一直没有去搜进一步的消息，我对已经确定的事情没有任何兴趣。我感到遗憾的是，我答应过她等她再来广州，就带她去沿江路吃海鲜，这个承诺一直没有兑现。九月有一天晚上我梦到和她去了老城区，我们在里面绕来绕去，但一直没有走出来。走出来的时候，天色已晚，她必须要坐飞机回南京。走前她回过头给了我一个悠长的吻。醒来后我把这个梦告诉她，她问：“我说了些什么吗？”我说：“你一直睁着眼睛，后来还嫌我吻技不好。”她说：“这确实是我会做出来的事。”这是我们最后一次对话。

大家应该发现，我讲这个故事花了很大的篇幅，是的，我真心为这件事感到遗憾，可惜现在已经来不及了。鸟人在讲他前女友的事，让我想起了敬姑娘。

大家也可以发现，我的两个悲剧凑起来，就是一个悖论。我需要很长时间去确定自己是不是真的喜欢一个人，于是当一个人出现在我面前时，我有两个选择，一个是在没有确定的情况下跟她在一起（我的两位前女友），另一个是在确定以后才和她在一起（敬姑娘）。如果我做出第一个选择，我有可能找到我的真爱，也有可能伤害别人；如果我做出第二个选择，事实有可能证明我们确实不合适，但也可能证明，我们错过了真正喜欢的人。

所以我们又回到这篇文章的主旨，有些事情，真的是“运气”的问题，谁也负不了责任。我不会因为错过了敬姑娘，以后面对每个我不确定是否喜欢的姑娘，就不管三七二十一先在一起了再说；我也不会因为和最近那个姑娘不合适，以后就谨慎到拒绝所有的姑娘，等一年后再说。正因为有未知，我们有时才会错过，才会做错，这些“错”，是人类的局限性造成的，谁也没有办法。

连上帝也没有办法。

那 些 被 我 们 辜 负 的 人

那 些 被 我 们 辜 负 的 人

两个相爱的人，就构成一个爱情共同体；既然是在一个共同体里，就不能完全不顾及对方感受地运用自己的自由。我不明白一种把遥遥相望的状态作为理想状态的感情，为什么还能称得上是“爱情”；我不明白放弃共同生活希望的两个人，何以还能称得上是“爱人”。

论共同生活

我和小佳分手后，很认真地想了一下当年苜蓿在我每次谈恋爱的时候都会问的一个问题：你能给人家什么？这个问题很难回答，因为并不是每个跟我在一起的姑娘，都会过得开心。认识小佳以后，我终于想出这个问题的答案。我想起我们无数次在微信里翻来覆去地剖析，我提出假设，她确证，或谨慎地提出异议，有时豁然开朗，有时又是痛苦的领悟。尽管我知道并不是每个姑娘和我在一起都图这个，但它已经是我能给她们的最好的东西了：每一次，我都帮助她们更好地了解自己。

运气好的情况，她们也会帮我。小佳就是这样一个例子。

我在八月份因为一篇文章而结识小佳，然后我们在两个月前分手了。分手的原因是她要去日本读书，读完还打算留在那里发展，而很明显，我是不可能跟着去的，因为我的事业在那里完全扎不下根。

在一些人看来，这并不是真正分手的原因。真正分手的原因是我放弃了这段感情。因为在她做出去日本留学的决定时，她每天依然情意绵绵地来找我，丝毫没有意识到这个决定对我们感情的影响。当我颇为理智地给她做出推论时，她有点吃惊。她从来没有想到去日本意味着我们终将会分手，因为我们从一开始就是异地恋，就直线距离来说，从深圳到她现在的城市，并不比到日本要更近。

小佳是因为我在那篇《那些被我们辜负的人》文章里表现出来的不婚主义倾向才来认识我的，但我们两个对爱情的理解，明显没有对婚姻那么一致。在我们看来，婚姻是一种不人道、也跟不上时代发展的建制，在某种意义上，它使婚姻双方变成彼此的私有财产；如果人类能发明另一种抚养健康后代的制度，婚姻完全应该消亡。不过，她比我走得更远。她认为爱情也是如此。她信仰歌德的那句话：我爱你，与你何干？她本来想着只是认识我就好，不要和我有任何的发展，但是我们两个按捺不住，还是在一起了。即使如此，她说她对我的爱就像《美国往事》里说的那样："当我对所有的事情都厌倦的时候，我就会想到你，想到你在世上的某个地方生活着、存在着，我就愿意忍受这一切。你的存在对我很重要。"

我不否认这是一种爱，事实上，在几年前，我对小曼的爱正是这样的。不过，那是建立在我和她实在毫无可能的情况下。我不明白当两个人都喜欢着对方并且可以为这段感情努力的时候，为什么只能远远地看着彼此，让爱渐渐流逝。

我们只有两次真正地闹过不愉快，头一次是我提出说想去她所在城市附近找个高校任教。她不太愿意，说她并不喜欢自己所在的这个城市，这是我第一次感到我们对这段感情的希望不太一样，正确地说，她是否对这段感情抱有一般意义上的"希望"，我都很怀疑。她经常对我说，你按着你自己对未来的设想去做，不用考虑我。以前也有别的女人对我说过这样的话，不过她们的意思是：无论我做出什么样的决定，她们都会迁就我的。但是我很清楚小佳的意思是：我们可以各走各的路，但依然爱着对方。这暴露了我们对爱情的理解很不同的一点：在我看来，共同生活对爱情来说是必要的，而她非常坚信，共同生活会摧毁爱情。

和小佳分手后我在看阿伦特的《康德讲座》。阿伦特说到在康德那里，不存在一种真正意义上的政治哲学，即使有，也是一种“旁观者”的哲学，不是一种“行动者”的哲学。我觉得她欲言又止的话是：康德的哲学不仅是一种旁观者的哲学，也是一种“注孤生”的哲学。如果说苏格拉底和亚里士多德还对沉思生活与政治生活的优先性犹疑不决的话，那康德毫无疑问将优先性赋予了前者，并且把这种优先性不恰当地带进实践哲学之中。

不单是康德的实践哲学，整个自由主义哲学的主流，都是一种“注孤生”的哲学。有人说过，无政府主义是自由主义唯一的合法结论。而康德、密尔一脉的自由主义者也认为，某种人与人的联系，除非是我们自愿选择的，否则对我们毫无道义约束力。这两个说法似乎也意味着，所有的联系、依附和共同生活，对我们来说，仅仅只能作为“选项”而存在。

确实，我曾经也认为，我这样的人，无法跟任何人一起生活。每次我想起我自己有多么让人难以忍受，我就会忘记亲朋好友的所有不对，把到了嘴边的话咽回去。尽管如此，我依然强烈地渴望和某个人一起生活，与她共度一生。这两年年末苜蓿回深圳看我的时候，分别时说的最后一句，总是：祝你找到一人与你相伴一生。在这个意义上，小佳是一个比我们更彻底的“自由主义者”（尽管她对政治哲学没有太多了解），刚在一起没多久的时候，她对我有抗拒，说，我知道你们男人总是想把女人变成家庭主妇。前一阵我看她在某个社交网络上的状态是：人总是渴望和其他人发生联系，就连和蜡人拍个照，也要把手搭在它们的肩上，这样的倾向，在我看来是无法理解的。

在知道小佳要去日本的打算，我私底下挣扎了一个月，终于提出分手。以前和我分手的姑娘我的朋友们都不认识，而当初为表郑重，我把小佳介绍给我最好的几个死党。分手前，我还把情况告诉他们，然后问："你们有没有什么办法？"他们纷纷表示遗憾，但是希望顺其自然，等她到了日本，如果真的得分，那再分也不迟。快刀斩乱麻的事，不符合大家对这段感情的期待。

最后我还是坚持自己的选择。一个好朋友站在小佳那一边，没有说要绝交，但是也在对我生闷气。那个朋友对爱情的看法比我要更加理想化，他虽然并不像小佳那样，完全追求一种柏拉图式的爱情，但是他坚信爱情里不能有任何功利计算。他认为我在分手的这个决定里，就体现了相当严重的功利主义思维；而小佳是逻辑自洽的：她去日本的决定和她对爱情的理解没有任何冲突。

我并不怪他误解我，自从我们认识以来，他就把我当作一个有趣且有想法的唐璜来包容，但我知道他和苜蓿一样都希望我找到与我共度一生的那位。有一段时间我真的以为我真的找到了，中秋晚上，我在天台上晒着皎洁的月光，看漫天的孔明灯飞过我的头顶，和几千公里外的小佳打电话。小佳说她一直想着好好赚钱，就是盼着有一天能包养一个穷困潦倒的艺术家，现在她觉得包养哲学家也行。我说我一直不认为男人给女人送奢侈品是一种美德，因为这些东西会助长女性对男性的依赖，但现在我看着你的照片，真希望自己是个大富翁，这样我就可以给你买好多漂亮的衣服及包包配在你身上。只有你才配得起。

可惜，爱情让我们更了解俗世生活，但却没能把我们拉进共同生活。查尔斯·泰勒说过，自由主义者总是倾向于把人的生活理解为原子化的。我和小佳处理这段感情的方式，某种意义上说明，我们甚少把对方与自己看作一体。她更有可能是把我们看作两条交相辉映的平行线，而我在没有看到共同生活的希望之后，三下五除二地结束了这段感情。如果类比成政治哲学的话，她是一个首尾一贯的无政府主义者，而我还保留着建构某种自由主义共同体的强烈愿望。她始终明智地不卷入共同体生活，而我在一个个共同体之间疲于奔命。

然而我真心诚意赞同泰勒所说，原子化的生活，既不是人的生活的起点，也不应该是终点。如果那是终点，那实属无奈。在古希腊“友爱”就是各种共同生活（包括家庭生活）的德性。即使在现代世界，人类也依然没有放弃共同生活的理想，自由平等主义者罗尔斯把“结社自由”（包括结为连理）作为基本自由之一，而自由至上主义者诺齐克也说，“爱情”就是从“我”变成“我们”。这些洞见都说明，自由主义承认对“共同体”的渴望是人类的基本需求。两个相爱的人，就构成一个爱情共同体；既然是在一个共同体里，就不能完全不顾及对方感受地运用自己的自由。我不明白一种把遥遥相望的状态作为理想状态的感情，为什么还能称得上是“爱情”；我不明白放弃共同生活希望的两个人，何以还能称得上是“爱人”。

我一直孜孜不倦地描写自己的感情，是因为我觉得在我身上，具备了最不可能与一个女人一起共同生活的男人的所有特点：脾气不好，女性朋友多，不会做饭，讨厌被看到自己的隐私，没有抚养后代的热情。但也就是我这样一个人，从来没有放弃和一个女人共同生活的渴望。因为我也觉得，如果自由主义者连这点都做不到，那“我们如何生活在一起”这个问题，无论在微观的爱情里，还是在宏观的政治上，都没有解决的希望。而这显然不是一个理论问题，而是一个实践问题。

我刚认识小佳的时候，看到她的微信签名是自由与爱。我真心希望有一天，她和我都能拥有这两者。

那些被我们辜负的人

//

那些被我们辜负的人

“她既不适合天长地久，也不适合曾经拥有。”严谨的感情只有怀念而已。

重遇

一

2007年圣诞前一周，我在学院办公室一抬眼见到林小妍，剩下的事都是身不由己了。那是我们第一次相见，却是另一种形式的重遇，一个月以后我重遇范嘉嘉。我把命运的轮盘叫作大他者的能指链，在符号学里，严谨的学术惟注经而已。

现在我的电脑里还珍藏着一张林小妍的侧面照，她的微笑荡漾开来，活脱脱就是另一个小曼；大一小曼是逐车的少女，站在西南篮球场的边缘，素衣洁净，透着压抑不住的活力，一年后她化茧成蝶来找我，我们走在深圳大学的路上，她每一寸肌肤都光耀丰满，连发梢都透露着灵性。大四再见，她披着亮彩的黑袍，真真是衣带渐宽人消瘦，我把手镯递了给她，还自己一个心愿。她不知道这次见面前不久，我在另一个她那里又伤心了一回。

我很坦诚地告诉林小妍我认识她的原因，因为我像是在和小曼诉说，无须虚饰。我说，你还记得吗，初三暑假我们约好每年的圣诞节要一起过。她说师兄："你初三时我才初一呢。"我说："整个高中的圣诞我一个人在街上走，橱窗里有鲜艳的礼物和白色的灯光，我靠在上面给你写一首又一首的诗，你说你今年要和父母一起过。"她说："今年圣诞我也要一个人过了。"我说："我们去北欧看极光，你靠在我肩膀上哭，你的头发长长了。"她说："我跟他约的是北海道看雪，要他牵着我的手。"

到后面我已经分不清虚构和现实，分不清第二人称和第三人称，甚至分不清我和小曼，因为我对她说：我在澳洲过得很好，你不用挂念。刚失恋的她是多么能理解我的苦楚，她就着我的呓语自说自话，说起陈奕迅的《孤单圣诞》，说起第一次在小林中的拥抱，我们的心碎开出两条平行线，隔岸观火，风景也独好。后来我和她招呼说："读过林徽因的《人间四月天》吗？那轻，那娉婷你是……鲜妍百花的冠冕你戴着。里面有你呢。”她说：“这种诗意，我要背下来。”“另一种诗意你领略过没有？王家卫的电影。”“没呢。”“今年我们就来过一次两个人的孤单圣诞，平安夜晚看《蓝莓之夜》。”

她的身材比想象中矮小，脸上的皮肤近看也没有小曼细致，我的幻想首先破了。我们一路坐车到万象城，我和元祐喝过酒的那家韩国菜馆已经满座，她的炒年糕幻想也破了。我邀请她在元绿就餐，在书城坐地铁去购物公园看电影，站台的风凉飕飕地洒了一地，望着玻璃门反光里的那一坐一立的一男一女，我突然觉得本色演绎也不错，她给了我新的灵感。

我是个急性的人，从来没有耐心听她说完一句完整的话；她却很有礼貌，连说话都带着鼻音很重的“您”。我开始讲起我的前两任女友，恰好她都认识，她的反应和我预想的一样，我一谈及小曼外的女生，俗气就全部上来，而她还是那个她，只是晓予提醒我说，万一她抱紧我，她心里想的，绝对是另一个人。看来没有入戏的只有我一个，她可是一直在等着。

《蓝莓之夜》是唯一一部我只看一遍的王家卫电影，如果我来拍，主角应该是出走而怀恋的那个，就像《东邪西毒》里的欧阳锋。我中途看她，她在擦眼泪，我们的感动点完全没法重合，她后来发信息和我说，想起了让她伤心的那位。我和她说过的话她一直没忘，两个人一起过的孤单圣诞，我的出现是多余的。

后来我一直想，那个夜晚就像《蓝莓之夜》，不应该那样草草结束。推开门迎风，我艳羡地欣赏星巴克里面睡意未浓的人们，靠近街口的位置伸手可斟得几盏霜冷的月光，呷上一口也是一世铭记。我多想拉她坐下，继续我们在网上没有唱完的那场单人双簧。我说："你可以微侧着脸，一句话也不用说，我和小曼从来没有这样坐下，在这样的平安夜。"她说："宿舍快关门了。"

在她急急往宿舍赶时我很远地喊了一句，圣诞快乐，没有看到她回头，我的心情也没有预想中兴奋。那晚我的西装式外套穿得很丑陋，整个人被复习折磨得形销骨立，半年后毕业，在文科楼我拉着她照相，她诧异地看着我说："师兄，你是哪位？"我说："你真的入戏太深，我就是师兄啊。"

回去以后我惦挂着她身上小曼的余温，给她发了条长长的信息，大意是光沉响绝，不知是否就此曲终人散？第二天她很有礼貌地回复我说：当替代品，我和她都不合适；平安夜记忆美丽，望珍重。这真的是典型的"一夜情"。我似乎有些不甘心，短信里辞章烂漫，千种风情，点中的无不是当晚的种种，她均不为所动。几天后我按捺不住，哆哆嗦嗦在超玉的宿舍里敲出那篇《关于明与暗》，把她不要的七绝偷偷地塞进文章里，渐渐自己也清醒了，知道要为的心中挂念找一个形象不可强求。

2008年看火炬回来，我在文山湖见到金发红衣的她翩然走过，一时五味杂陈，回去后匆匆写下《符号的怀念》，小羊的部分写得尤其恳切："她既不适合天长地久，也不适合曾经拥有。"严谨的感情只有怀念而已。

二

考研前几天，我在校内逛到范嘉嘉的主页，不久她在我那留言说：小学、初中、高中、大学，我们竟然都在一个学校！我们那断了两年的能指链终于再次衔接上。

小学、初中我们都没见过，但高中的印象是有的。我每天在康泰娱乐场坐早班车，她在那里转车，两年内打过多次照面，从没搭上一句话，只是混了个脸熟。她和另一个女生远远地站在墙边，很矜持地说话，而我靠在车站的广告牌上，思索着青春期的诸般心事。她长得很标致，黑玉般的中长发，鹅蛋脸，白里透红，几乎挑不出瑕疵，后来我认识过几个和她五官相似的女生，我怀疑都是最初的情结作怪。

要说她没注意过我也是不可能，有一次我扭过头，她和那个女生像被吓一跳，然后又低头吃吃地笑，我当时就脸红了，再也不敢随便看她。后来她说，原来她们观察了我很久，发现我书包的拉链上挂着一个猴子一样的公仔，十分好玩。这件事无从考证，纯真年代，不按章法又亦步亦趋，滑稽至极也是一种美好。

她刚进文学院学生会我就一眼认出她，样貌没有变，打扮当然越来越时尚；每次开会她都把两手半握着放在膝盖中间，粉色镜框后转着漂亮的眼睛，一句话也不多说。很快她身边就有一个经常出现的男生，我也不便相认了。其后文院一分为三，她做到外院副部长，多多少少靠的是运气，当时嬴莹在里面做财务部长，但学生会的事我已经不过问，如果不是机缘巧合，我们这辈子大概没有重遇的机会了。

机缘更巧合的是我们重遇的时候她也刚失恋，这次没有那种平行的抒情，我们的谈话，三分之一是讲旧恋（她讲那个叫Ray的男生，我讲嬴莹），三分之一在叙旧情，三分之一在投石问路；甚至说到高中那会儿，我也不忘插一句，你说我当时要是鼓起胆子去认识你，你会怎么样？她装委屈道，妈妈说不要搭理奇怪的哥哥。

考完我约她出来，她爽快地答应了。她披着一件青色的紧身外套，肩膀很窄，显得头有点大，见到我就说："你瘦了好多，以前脸有肉，很可爱，现在下巴都尖了。"我们约的地方还是购物公园，林小妍没有吃的炒年糕我请她吃了，我和林小妍没有去成的星巴克我们也去了，很久之后我才发现自己在下意识地弥补一些东西，我有拆东墙补西墙的习惯。

我们挑的位置临着街，几句话以后，我静静地靠在软椅背上，看她发挥。她一直搅着手中的那杯焦糖玛奇朵，说话的时候眼睛游移，吞吞吐吐，没有连词和过渡句，说得快时眼睛转得更快，玛奇朵也起了小漩涡。我轻轻地按着她的手，意思是：让我来说吧。

我想起考研前一天，我在宿舍昏昏地睡醒，看到外面天积起了乌云，桌子底下用来泡脚的水早已经凉了。我打开显示器，她的窗口上留下一个干涩的微笑，我开始惶惶不安，害怕自己如此快动了感情。

窗外的街角有个人斜着跑了过来，旁边的升旗台像一个战壕一样结结实实地把他挡开，两个小时前我连声音都激动得打战，现在我平静地望着她，平静得让她难以呼吸。我知道，她在等着我说多一句话，只要我不吝惜那句在网上说得花样翻新的温存话语，这段关系就基本确定，以后反悔就是负义了。

那几秒钟，我感到我硬憋上来的情感正哗啦啦地退去，把三杯两盏淡酒的兴致也一点不剩地卷走，潮来潮去的感觉，从来没有这么真切过。我突然急急忙忙说：“其实我也是个挺花心的人。”她的脸色马上变了。

再也没有别的举动可以拯救我那时的临阵脱逃，坐地铁回去的时候，我和她靠着门的两边站着，不敢对望，只能在反光的镜像里确认彼此脸上的表情。

二月初她生日，我骗她说我回乡下，让她爸妈陪她过，她邀我两次饭局，我也找借口推掉了，连礼尚往来的规矩都不顾。有时想起也觉得挺可惜，十五年的缘分，两个小时就践踏得支离破碎，后来拼拼凑凑，不过博个好来好往的名声。遗憾若要补，往往落得这样画蛇添足的下场。高中那样也挺好，认识来干什么。

那些被我们辜负的人

那 些 被 我 们 辜 负 的 人

在她的身上我看到的一种极其有限的可能性，闭着眼睛都能想象出来的生活，婚姻家庭、柴米油盐、生老病死，一个足够妖魅或足够睿智的女人也未必能把我五花大绑抬进这种生活，而她绝对没有这个能耐。

烟花的错

第一次跟别人说分手，她在电话那头哭得很伤心，而我惦记着枕头旁边没看完的《挪威的森林》。我终于忍不住说要挂，她恨恨道："你真是铁石心肠，从没见过像你心肠这么硬的男人。"我心里默默地想，分得真没有技巧。

在建筑学院的天台，我留意到和文生在一起的那个女生，她穿一件灰底纯棉短袖和一条黑色的紧身舞蹈裤，留着柔顺的马尾辫，鹅蛋脸，脸盘比我大，肤色是那种健康的红，厚润的嘴，像搽了唇彩一样，总是抿着，一见到熟人就粲齿笑。她靠近栏杆，轻轻地踮起脚尖，两手对着天空比画着。我认出那是芭蕾，后来我们的节目和他们的节目一样没过。

大一第一学期的同乡会篮球赛，我从场上换下来时，瞥见观众里有她，她穿着同样的衣服，但是裤子换了，坐在草地上，用手遮着太阳。她很热情地跟我打招呼，末了告诉我她叫苏碧凰。

平安夜第一次收到她的祝福短信，那时我对这种举动已经有些敏感的先觉，我问她怎么过，她说："和男朋友过，你呢？"我说："和女朋友过。"

第二学期我们在网上再碰到时，我问她："你男朋友呢？"

"分了，你呢？"

"分了。"

《深青》第四期印刷完，我拿了一摞回去派发，也托文生送了她一本。两天后我在洗漱间碰到文生，他说碧凰看了我那篇《柏格森》，觉得很郁闷，还问他我是不是个很郁闷的人。我当时尴尬地笑笑，并不是很在乎她对我的看法，我只是不明白我的小说怎么会给她这种印象。

后来和她在网上聊什么我忘了，只是几年后的一段时间碰到那条黄色的鱼头像我还是有点窝心的感觉，当时我们一定有过愉快的谈话。现在回想起来，她性格温婉、体贴、大方，言谈举止也十分得体，确实能给人好感。大概是端午前的那个星期，她说今年端午她刚好生日，问我能不能一起出来。我想想周末没什么安排，于是爽快地答应。那时我们想好的活动是：吃粽子，听陈纯吹水，可见她对我的印象已经完全改观。

我们在麦当劳坐到天色昏黑，我和她说起我被抛弃的一段往事，只是把主角换成另一个人，她听了大惑不解，嘟嘟囔囔地说："如果他真的对她好，她是不会离开他的。"我说，不是所有女人都像潮汕女人那么专一。

按理吃完晚饭和粽子我们应该回去，但她带一点娇嗔说不想回去，我拉着她说，那去海上世界吧。

我想她一定是早就想好十二点后才回去，因为她生日其实是端午的第二天，于是在十二点前我们一直在海上世界附近走走坐坐，她问我《柏格森》写的是谁，我想起小曼，心里也没顾忌什么，就照直和她说了。她听完一直沉吟道：“你还是很喜欢她啊。”口气带着点失望。

但她很快就说起别的，她说起高中最好的异性朋友，她和“老大”，青梅竹马的感情，偶尔闹别扭，但很快和好，我没有问她这其中是否有过暧昧，那是有感情洁癖的人才会介意的事，何况我对她的感觉还没有到那个地步；她还告诉一个同学的故事，她喜欢上一个男生，跟他表白后，两人交换了一年的日记才在一起，情人节的时候，反而是女生送了男生一朵花，男生把花夹在日记里一直珍藏。

我看到她讲故事的时候眼睛闪闪发光，那是她理想中的友情和爱情，我不知道她告诉我这些有没有什么特殊用意，她会不会是想，即使我们不能像故事里的爱情那般美好，也要像她和她老大的友情那样纯粹？如果这是真的，那我彻底地辜负了她。

那时的蛇口港比现在干净、宽阔、安静得多，仿佛还能望见香港在海天交界的某处。我们在岩石上四处走，看海浪拍打着岸边，最后在一块平滑的石头上坐下。快十二点的时候，我预感会有些骚动，因为人头一直往某个远处集中。正十二点的时候，那里果然升起了璀璨的烟花，各种颜色，在夜空中绽出一个又一个光彩的波纹。我心里想，这就是传说中的“适逢其时、不饰雕琢的浪漫”，唉，这回逃也逃不掉了。她已经陶醉得支持不住，缓缓地倒在我的肩膀上。

现在她更不想走了，我看回去也没车，两人鬼使神差地走进SOHO酒吧。一个长得像李逸朗的酒保从我们踏进门起就很殷勤地招待，尽管我最后只点了杯很便宜的啤酒，他依然帮我存包，陪我下棋，还捧起我那本《伽达默尔集》翻了翻，而她一直在旁边恬静地坐着。后来我坐得闷了，跑出去跳舞，用我上学期在街舞课学的那套，那儿人少，场地大，不怕踩到人。我跳的当儿，另一个酒保跑来要跟着我跳，于是两个人占了半个舞池，跳得像两坨屎一样。末了他说：

“你那个太难。”拍拍我肩膀走了。碧凰笑着迎接我回去，让我靠在她肩膀上休息，伸出手比画给我看，说：“我们第一次见面时那个芭蕾舞是这样跳的，手要像波浪一样动。”

在我有点迷糊的时候一个中年外国女人走过来问长问短，还邀请我们去她离这不远的家睡，说等天亮再坐车回校。我问碧凰意见，她说一切听我的，我拿不定主意，居然想起问那个热心的酒保。他提醒我说来这里的外国人鱼龙混杂，而且他也觉得我们打烊后在这附近游荡不安全，遂提议我们跟他一起去朋友家坐一会儿。这听来像那个争夺猎物的鬼车故事，但我当时竟凭着以貌取人的直觉相信了他。

打烊后他拉着我们和经理一起去吃夜宵，而且坚持要帮我们付钱。我很后悔换电话后他的号码就这样丢了，因为从我走进那间酒吧到我走出他朋友家，他都像一个朋友一样在照顾着我们。走前他问我们是不是情侣，我搪塞说，她还没答应我。他笑着说，我觉得她已经答应你了。

那天下午我在被窝里接到她的电话，她约我吃晚饭。第二天，她把一个保温瓶塞给我，叫我多喝水。我们一起在图书馆自习的时候，她把一个耳塞放到我耳边，我一下就认出是《东邪西毒》。她怯怯地说看了那篇小说后一直想知道什么样的音乐会让我产生那样的情愫，索性一直放在MP3里听。我回味着曲子，望着那张因为一时的大胆而害羞得埋在书里的脸，在昏昏沉沉中睡着了。迷糊中感觉有人在摸我的脸，我想起慕容嫣也是这样摸着酒醉后的欧阳锋的身体。

这样的日子并没有持续多久，我倦得很快，比自己预想得快。

她马上就察觉了。

那个周末收到她写给我的E-mail，我念念不忘那句：为什么一下子什么都变了？是啊，为什么一下子什么都变了，这个我也给不了她答案。我的回信，是安慰夹带着歉疚，分析夹带着哄骗，良心夹带着狗肺，最后她居然释怀了。她又回了我一封热情洋溢的信，虽然有点强颜欢笑的味道，但周五在A座碰到她，她又对我露出第一次相识时的那个笑容。

说来凑巧，我和她宿舍所有人都有点小交情，有两个是上“《大学》与《中庸》”的课上认识的，通过盈姐的介绍，另一个马小睿是我小学同学，还是曾经的暧昧对象。我和碧凰的事，估计她们都知道，马小睿还在网上质问过我为什么不接受她，我含糊带过，庆幸的是这件事没影响到我们的交情。

此后每次想起她时，我都会问自己后不后悔，她在信里和我说，自己的理想就是进一家日企，和心爱的人过着男耕女织的生活，确实是好妻子的典范。当时我要和她在一起了，用她的话说，除非对她很差，否则她应该是不会离开我的，但要是这样的话，这本书里的故事也就不可能发生了。

去年听说她快要结婚，对方是一个典型的好男人，家境好，事业好，人品好，身体和相貌如无意外也不会差。我突然想见她一面，因为我知道这可能是我们最后一次见面的机会。她剪了我最喜欢的娃娃头，但不知为什么，看起来很违和，到我们讨论婚姻的时候，我简直不明白自己以前为什么会对她有过那种好感，她对我的感觉应该也一样。

那个图书馆的傍晚她摸我的脸被达依看到，她很快和俞同学说了，莹子后来和我提到，但没问我为什么不接受她。我的身边频频走过一些好女人，明白情况的人从来不问我为什么不要这些好女人，前面我说碧凰的性格温婉、体贴、大方、得体，这些都是很笼统的优点，而她确实就是这么一个笼统的好女人。在她的身上我看到的一种极其有限的可能性，闭着眼睛都能想象出来的生活，婚姻家庭、柴米油盐、生老病死，一个足够妖魅或足够睿智的女人也未必能把我五花大绑抬进这种生活，而她绝对没有这个能耐。

那些被我们辜负的人

11

那 些 被 我 们 辜 负 的 人

//

自己喜欢别人的时候，只要人家愿意和自己在一起，怎么样都是好的；被别人喜欢的时候，觉得有一个漂亮的女朋友带出去很有面子，也没想过到底自己有多喜欢。

你是我的莎乐美

事实上，这是我第一次在纸上写下这个故事，但在此之前，我已经和无数个人说过。我大学谈过两个女朋友，第二个就是她，她叫嬴莹，是小我一届的英语系师妹。她父母在她初中时离婚，但她一直和我说她父亲死了。

我大二寒假的时候，学生会组织唱K，我们第一次见面。在上海宾馆附近的车站，我远远地看到一个在打电话的女生，她的衣着一点也不动人，扎着马尾，戴着无框眼镜，像是有意在收敛着什么。人员集中以后，她渐渐向我走过来。她走路的时候眼睛喜欢往侧边看，或者是低着头，反正就是不看前面。走近的时候我打趣地问她："这位是师姐吗？"她说："什么师姐？"然后才反应过来，有点假生气地说：

“我是大一的呀。”

当天我是全场唱歌最好的男生，她是全场唱歌最好的女生，她唱歌的时候喜欢半捂着耳朵，我问她这是不是一种特殊的肢体表演，她说不是，只是不想听到别人说话。唱歌结束，她头也不回地走了，没有和任何一个人打招呼。我看着她的背影，想起她说在我的博客留过言，心里十分好奇。

回去我问殷洛关于她的事，殷洛很直接地说，别打她主意了，她有男朋友。我那时并没有放在心上，只是第二个学期在学生会或在路上偶尔看见她的身影，会有想打招呼的冲动，但又不知道她是否记得我。就这样，我在学生会的两年接近尾声了。

这中间发生了一件事。学院参加校舞蹈大赛，我们学生会的人去帮忙顺便做啦啦队。观战的时候有个宣传部的师妹坐在我旁边，我们以前在网上聊过艺术和文学，还算熟悉，我也没多想。比赛过了一半她突然说她头晕，我问她要不要先走，她说不用，但一直说头晕，我说，要不我借个肩膀给你靠一下吧。她直接就倒下来了。

那次比赛的亮点就在于右上方有个电子屏幕，观众可以发送短信到移动的服务台给自己学院的同学加油，短信会直接显示在屏幕上。正当我专心地盯着舞台，我周围的人发出一阵笑声，我看到屏幕上显示着：陈纯，你爽歪了吧？很快，类似的短信就布满了整个屏幕，都是“陈纯，你要幸福啊”、“陈纯，加油”等无厘头的话。

直到一个月以后，我在去西门的路上碰到毕业的师兄，都听到他远远地对我喊“爽歪了”。这个段子一直流传到我毕业，他们一直以为我和那个宣传部的女生有事，但却不知道我和嬴莹在一起过。我知道让她靠我肩膀多少会给人把柄，但没想到是以这样的方式被整蛊，我很快收到“禽兽”的短信，他问：那个屏幕上的人不是你吧？我很淡定地回复说：就是我啊，被陷害了。我隐隐约约看到坐在我前两排的嬴莹的背影，不知道她心里会有什么感想。

期末最后一次活动是去烧烤，我和嬴莹又见面了，间歇的时候，我和一个师弟在一边贫嘴，她在旁边听，一次又一次被我逗得捂嘴大笑，最后她对师弟说：“哎，我觉得你说不过他的。”过了一会儿，院办的小歪师姐拉着一群人在一张桌子边讲冷笑话，我故意坐在她旁边。期间我问她电话和QQ多少，她爽快地给了我。

我忘了我们是从什么时候开始每天都联系，只记得有一个晚上，我们在网上聊着聊着，宵禁开始了，我和她一人拿一张毯子盖着电脑，在下面继续侃大山。我记得她后来和我说，那个晚上，她的茶水喷得电器都快报废，笑声把她的室友吵醒了几次。我给她编了一个银河战争的故事，在里面她是某个星球的公主，而哲学代表着一个人的真实力量，我们学生会所有人被我安排了角色轮番上阵，为我拯救这个美丽公主大作铺垫。

我和她说过的笑话我自己基本忘记了，我那时拿过一个小本子把她的短信全记了下来，后来丢了，我室友的电脑硬盘崩溃的时候，我为里面的QQ聊天记录丢失而感到心疼不已。现在我只记得她喜欢叫我“院长”，因为我建了一个群叫作

“柏拉图精神病院”，她经常说，院长要好好照顾病人。

院长渎职了，院长照顾病人过了头，喜欢上病人，可病人是有男朋友的呀。院长觉得这件事一定是病人的幻觉，因为院长从没在校园里见过病人和她的男朋友一起走，院长认为，将病人从幻觉里拯救出来的办法，就是给她一段真实的感情。院长愿意亲力亲为。

那阵子是2006年世界杯，学校的演汇中心和国际报告厅每晚都开放给学生看球，我约她去，她居然答应了。这么一答应，就是一次，两次，三次……那时我们两个都在学德语，有德国队的比赛我们都去。有一天凌晨，我看完比赛送她回宿舍，在那条通往西门林荫道上，我们闻到一股清冽的香味，我问这是什么树的味道，她说是桉树。我抬头望着树杈说，哦，是这样，然后一把搂住了她。我以为她会把我推开，但她没有。我闻到她的发香，和桉树的香味混合起来，味道令人难忘。为了纪念这条道路，我后来写了一篇叫《桉树林》的小说。

过了一会儿，她轻轻推开我说：“好了，回去吧。”一路上，我们没有再说话。到了她宿舍门口，她指着旁边的草丛说：“坐一会儿吧。”

她坐着，一直不说话，低着头掰草皮，掰了几根就朝我扔来，嘟囔着，“死人头。”我没有躲，坐跟前去让她扔，我说：“我对你是认真的。”她说：“鬼信你！上次那女生靠你肩膀，你还说人家和你没关系呢！这次你抱了我，估计明天报纸头条就变成我强抱你了。”我听了哈哈大笑，趁她红着脸说话的时候凑过去亲了她一下，我说：“明天我去找报纸自首，说都是我玷污的你。”

她继续低着头不说话，一会儿直接站起来说，回去了。我没动，只是一直目送她离去，最后在草丛中躺下，看到幽蓝的天空透着点微光，想想是时候回去了。在路上，我给她发了条短信：Everything is vague but beautiful. 她回说：You just like this kind of vagueness. 我很想给她回复说，我不是想搞暧昧，但手机一下就没电了。我翻墙爬进宿舍，在回味中昏昏睡去。

第二天醒来，手机也充好电了，她喊我上网，我也正想和她解释。我说：“我昨晚那么说，是因为不知道你心里是怎么想的，你有男朋友，但你也不拒绝我，我不觉得我现在有很大胜算。”可笑的是，在说这件事之前，我也跟她说，我的键盘坏了，于是她说了这么一句：You can change the key，stupid guy! 因为我急切地等她回答我的疑惑，于是我把这里的“key”理解为“答案”，我以为她让我鼓起勇气，于是直接对她说，我喜欢你，你和我在一起吧！她听完冷冷地说，我们现在是不可能的。

我一赌气，关机上床睡觉了。一会儿她发来信息说：I’m too simple，sometimes naive. 我回复说：幼稚的是我！然后吧啦吧啦回了一堆气愤的话。她说：没睡就起来上线吧。我起来之后，她说，我给你讲个故事。这是一个被初恋折磨得很惨的女孩，在一起的时候刀光剑影血肉横飞，分手以后反目成仇被四处唱衰。那女孩有几年每天都哭，最后不得不咬咬牙变得更坚强，因为这个世界只有自己才能保护自己。我说，这个被痛苦塑造成的人，就是现在的你吧。她不言语。

接着我问了她一句：我以后找你，你还会出来吗？

她爽快地说：会呀！

我就知道这不会是我们的结局。

局势峰回路转，世界杯没有结束，我们的发展也在继续。我越来越“放肆”了，在日本对巴西那场，巴西每进一球，我就亲她一下，出演汇中心的时候她推了我一下说：“你是不是以为在这里不会碰到熟人，所以就可以乱来？”我说：“碰到熟人又怎么了？”她低声说：“我还是有男朋友的。”

我不知道，我真的没想过这个问题，她的男朋友直到最后和她在一起的时候也没见过，我其实怀疑是否有这么一个人存在，但她说有，殷洛也说有，学生会的人都说有，我感到自己活在楚门的世界里了。我说：“我要见他，我要和他说清楚。”她说：“你疯了吧。”头也不回地走了。

这件事我再也没有提过，偶尔我们看完球，一起躺在球场外面的草丛中看天。有一次，我把她带去日晷那里，趁保安不注意爬了上去。我们躺在日晷上面，张开双臂，对着满目星辰，她在许愿，我在静静思考着这日晷和天上的星星有没有什么神秘的联系，中间我们相望了一眼，笑出声来。

我们的关系从暑假开始又变得坎坷。她一放假就和几个朋友跟团去云南旅游，在这期间，我又启程去华东做社会实践，前前后后差不多有一个月的时间没见，只能靠短信联系。她是个贪玩的人，而那时我的心思基本都放在她身上，连同伴都对我有意见了。每到一个地方，我就会告诉她，给她写很漂亮的短句，而她往往是一天过完才发信息告诉我玩了什么。我有时对这种事很敏感，往往心里不愉快，说得也就不客气。那一阵我们经常吵架。

我还记得有一天下午，我在华西村的文化活动中心看他们表演歌功颂德的舞蹈，她突然发信息告诉我她肠胃炎发作，我说赶紧让他们送你去医院，她说没事，忍一下就过去了。我当时心里焦急得很，说这样不行啊，要不我打电话给你的朋友说说。她发了一条信息过来说：你是不是想弄得全世界都知道我们的事？你还不是我什么人，少管闲事！我气得差点把手机摔成两半。

我等同伴走后，一直还在凳子上坐着，好不容易心情平复了，给她发信息道歉，以为这事就这么过去了。一天还是两天后，我收到她的信息说：我男朋友不愿分手，我也不能这样下去，我们不要再联系了吧。我那时正在一些村民家里做采访，收到这个信息差点全身瘫痪，我颤抖着追问，她拒绝回答。这种关键时刻冷处理是最能把人逼疯的，后来同伴和我说，看到我红着眼坐在凳子上玩命似的按手机，心里有点可怜那部诺基亚。

我忘了我回了什么，以我对自己的了解，大概是先说我有多喜欢她，再说自己如何绝望，最后是确定她一直在玩弄我。她对第一种的回应是“我知道”，对第二种的回应是“对不起”，对第三种的回应是“你爱怎么想随便你”。于是我突然想飞奔出去，把昨天跳舞的几个人都杀了。在我这么痛苦的时候，村子里居然还在播着这么猥琐的舞蹈乐。

在接下来的两天里，我把自己关在华西村宾馆顶层的房间里，埋头写着自己的情绪。同伴们觉得我不干活，但看得出我很痛苦，也就没管我，后来他们把上万字的调研论文全部扔给我写，表示报复。那个时候写作对我的疗伤作用还不明显，那两三天里我没写出个什么东西来，也没想通什么。我就是觉得，我非常喜欢她，我离开她我的世界就要完了。

我的同伴建议我四处散散心，把不开心的事忘掉，于是我们去了无锡、苏州、周庄和上海。在去华西村之前，我们先到过南京。那个晚上，去完秦淮河，我穿梭在大街小巷，耳机里放着王菲的《我也不想这样》，给她挑最好看的玛瑙手镯，后来那手镯我们分手的时候她执意要还给我，说她配不起。在无锡的枫桥边，在苏州的观前街上，在周庄的小茶馆里，在上海的城隍庙中，我无时无刻不在思念着她。我对上海有这么好的印象，是因为2006年那个夏天的晚上，我在外滩的酒吧找不到回青旅的车，便一路走回去。在昏暗的路上，那些装饰浮夸、色调妖冶的店铺显得分外安详，而间或闪现的便利店灯光又如此温暖，这样的场景，在2009年元旦凌晨广州的沿江西路边又再次出现。我终生难忘。

回来以后，我们又见了两次面，第一次我把手镯和镜子送给她，第二次，她摘下她的眼镜，穿上时尚的衣裳，变成一个非常夺目的姑娘。我有点惊呆了。我觉得她和我说话的语气也不一样了，冷得我有点受不了。

整个暑假我们都没有再见，我以为我们就这样完了。开学的时候，她已经大二，我已经大三，我最后一次代表学生会去迎新。在会场上碰见她，我们相视一笑，坐下来聊天，依然默契十足，全部人都看得清清楚楚。当晚在新生军训动员大会上，那个宣传部的女生（就是之前靠在我肩膀上那个）一直抓着我聊天，我看着在一边略微生气的她，心里有点着急。会一结束，我就飞奔去她带队的宿舍楼下找她，她半喜半怒地挣开我的手，一面数落着我的不对。我笑着，完全不还嘴。

我把她按在饭堂的凳子上，给她拿好了夜宵，让她听我说，我说了一大堆，后来她跟我说，是这一句打动了她：我知道你从小没父亲疼，我想替你爸爸补偿你。她低着头玩弄着吸管，后来主动挽着我的手在路上走。我有点飘飘然了。

知道我们是怎么确定关系的吗？隔了几天我问她，你说我们之前算在一起过吗？她说，应该算吧。我说，那我们干脆复合吧！她哈哈大笑说，那好吧。我说那你男朋友呢？她说分了。我说，就这样分了？

在迎新的时候发生了一件事。我在银桦斋下等人，一个师妹来和我搭讪，说是05级中文系的，在我们的杂志上看过我的文章，很喜欢，想和我做个朋友。我当时有点愕然，虽然在网上经常有莫名其妙的人说因为我的文章来加我好友，但这么直接来当面认识的还真是第一次。后来我在她的博客里看到，去年她刚来这个学校时，是我接待的她，她记得我亲切的笑容，一直想找机会认识我（文章什么的全是幌子啊），就这样等了一年。可我记得我那天明明穿着一件很猥琐的校工作服，半路被棚子上漏下的雨水砸成了落汤鸡，这样的形象在她的日志里被写成了温柔可靠、有着灿烂笑容的学长，可知女生犯傻喜欢上一个人的时候眼睛都是不管用的。

这个师妹喜欢了我五年，一直到她从香港城市大学毕业去了北京工作。她去北京前来过广州找我，说喜欢了我这么多年，能不能给个名分她，我当时冷酷地说我不想谈异地恋，把她气走了。前一阵她告诉我她恋爱了，是她单位的一个同事，我想她被我祸害了这么久，也该告一段落了。那段话说到末尾的时候，她说，你结婚的话，千万不要告诉我。

前面应该没有提过我和嬴莹这次恋爱的性质，严格来说，她是我第一个两情相悦的爱人。在她之前我谈的那两三次，不是别人不怎么喜欢我，就是我不够喜欢人家。你会问那为什么还要在一起呢？那个时候哪里分得清楚呢？自己喜欢别人的时候，只要人家愿意和自己在一起，怎么样都是好的；被别人喜欢的时候，觉得有一个漂亮的女朋友带出去很有面子，也没想过到底自己有多喜欢。只有和她在一起的时候，喜欢和被喜欢同时体现得那么淋漓尽致，牵着她的手的时候，才知道自己居然也可以这么幸福，我一直以为自己是个受诅咒的人。

那件事发生以后，我有一次笑叹命运说，我就知道上天不会对我这么好，从幸福的云端跌到痛苦的深渊，前前后后还不到一个月的时间。九月末去参加世界牙医大会的翻译工作时，我预感到我身体出了点问题，去医院检查，做了个小手术确诊，证实我小腿的筋骨出了点问题，医疗费需要一两万，扣除医疗保险，我自己还要出一万左右。

这些钱现在来说也许不算什么。不过，对于那时的我来说，确实是一个很大的困扰。我有两个妹妹都在上学，我自己很久没问家里拿什么钱了，我知道告诉他们这件事只会徒增大家的烦恼，于是打算自己解决。我和家人说我学习太忙，周末没空回家，他们相信了。我自己平时的收入只有稿费和家教的报酬，够我自己勉强生活，但筹出医药费肯定是不够的，更别说我生病后不能再那么操劳。我和朋友们商量，他们帮我出谋划策，有的最后说，实在没办法，我们就给你筹一下好了，积少成多。我当时感动得不行。我的事没和几个人说，但那些知道我病情的人纷纷给我提供各种帮助。我们系一个女生，我和她没说过几句话，她悄悄在网上给我留言说，她有三千块钱的积蓄，可以让我顶一阵子；另一个师妹，有一晚约我出来，直接塞了给我一个信封，里面有两千块钱；还有一个师姐，远在陕西念书，打算给我汇钱治病。我跟赢莹也说到这件事，她表现得非常冷淡，只是跟我说，你好好养病，不要想那么多。我当时对她完全没有抱什么想法，我只是怕她会在这个时候离开我，我还跟她说，如果她的选择是这样，我心里是可以理解的。她让我不要多想，但我看得出这件事对我们的关系已经有了影响。后来我揣测，她本来是期望我能像她爸爸一样照顾她，正打算全身心地依赖我，这件事一定让她很失望。

她没有离开我，但我明显感觉到她变了。我伤势严重的那一两个月，行动不方便，她没来我的宿舍看过我一次，她说怕被人看见。中文系的师妹每周都在我楼下放一袋子水果，然后发信息让我去拿；彩芬从家里回来都给我拿好吃的，有一次带了她妈妈给我煲的汤，笑着说："我本来想经常给你煲的，但我想这种事你女朋友应该做得不少，也就不锦上添花了。"我心里咯噔了一下，那碗汤喝得我十分难受。

我好久没见她了，给她发了条短信：其实你有没有想过好好照顾一下我？

一天之后，她回我说：你的意思是说我不称职对吧？你是不是想分手？那就分吧。

我苦苦地哀求，才把她留住了。一个月后的一次吵架，我没有及时道歉，她就再也没理我。几天后我收到她的信息：What we can do is just hurting each other. 我知道再挽留也没有用了。

那一阵子我过得很颓废，但是身体却渐渐好了。我当时隐约感到我要是病好了，她就会回到我身边。中文系的师妹一直在网上陪着我，一次和我说，她在图书馆被人调戏，要是有一个男朋友就好了。我知道她在暗示着什么。

学校里快要放假了，门庭冷落，有一天晚上我路过科技楼旁边的小道，看到她和日语系的一个师弟在散步。她倒着走，一步一踱的，这样就可以正面和他说话。她脸上的神情十分欢快，那是我自生病以来都没在她脸上见过的欢快，我心想，也许我是时候放弃了。

我给她发了条短信：祝你们幸福。她问我怎么回事？我说我看到了。她没回应。我问：你真的喜欢他吗？她说：还好。

我们约在那个周末出来，将所有的事情说清楚。但是说着说着，这又变成一次我个人的吹水表演，因为我当时身体康复，心情渐好，加上我做好祝福她的打算，也就没有纠结。那天我印象中她从踏进那个小店起就从头笑到尾，我们好像什么事都没发生过一样地聊天，就如我们刚刚认识的时候。我给她模仿我们系主任的英文腔，她告诉我学生会那群二逼做的傻事。回去她发了条短信给我：我不知道我们是否还适合在一起，但和你在一起我真的很开心。第二天我提出送她回家，她也答应了，在路上走着走着，我的手就搭在她的腰上，她说，你也挺顺手的。我说是啊，我怕你冷嘛。

我们就这样复合了。

可怜中文系那个师妹还在抱着希望。那天在网上她忍不住对我说：师兄，我憋不住了，我想问你，你喜欢我吗？我顿了一会儿说：我和她复合了。她的头像一下就黑了。

中午我在学生活动中心的杂志社办公室看书，看累了出来散步，远远地看见树下一个身影，是那个师妹，她坐在那里哭泣。

我静静地走过去，在她旁边坐下。她抬头看见我，哭得更伤心，哭着哭着靠在我肩膀上，大概是想浸湿我的毛衣来报复。我没有任何理由拒绝，但也没有说一句安慰的话。我有多喜欢嬴莹，我跟她说过。我们两个不能复合是她唯一的希望，现在希望破灭了，我无从安慰。后来这个师妹和我们届中文系一个对她非常好的男生在一起了，那男生问她喜欢他多一点还是我多一点，她说，她还是喜欢我多一点。我就这样和他无辜结仇。

不得不说，我和嬴莹又度过了一段甜蜜时光，只是这段时光并没有持续多久。那时我刚治完病，手头并不宽裕，但她不是特别会为别人着想的人，她喜欢去贵的地方吃饭，喜欢去刺激的地方玩，我印象中她除了帮我刷公交车卡，几乎没出过什么钱。为了让她开心，我不得不加紧赚钱，除了原来的兼职，我又接了一两份家教，学习方面是完全顾不上了。有时一天累完，头痛欲裂，那阵我经常担心自己患上脑瘤。嬴莹喜欢我那些睿智的哲学分析，但却不喜欢那些培养起我的分析能力的哲学理想，她觉得以我的能力，一定能找一份不错的工作，将来给她买房买车，让她过上幸福的生活。我当时确实也是这么设想的，于是，在兼职之余，我看了不少商务英语和专业翻译的书，大三一年我的学问毫无长进，明哥他们都认定我的学术道路完了。

即使是这样，我也无法过上我理想中的幸福生活。我和嬴莹住的宿舍说远也不远，走个十五分钟就到，但我们在一起一年，每周最多见一次，还没我追求她的时候多。我问她为什么，她说不想被同学看到。我说，可明明我们已经在一起了。她说，我这人就这样。

于是我们每周见面都只能挑她同学看不到的地方，比如去运动场散步，出校外逛街，每次我送她回宿舍，在一百米以外的地方她就甩开我的手，从我的身边弹开。我们相隔两米，一直走在她宿舍楼下，然后我目送她走上楼。她们宿舍楼下经常有情侣在依依惜别（有一次我也看到了中文系师妹和她男友），每次看到他们拥抱、接吻、抚摸头发，我就感到心酸得很。我是光明正大和她在一起的，为什么弄得我像地下情人一样？我还记得有一次我远远地去买她最喜欢的雪糕给她吃，送到她宿舍楼下，让她下来拿，她死也不肯，说怕被同学看到，我当时气炸了，把雪糕砸到草丛中。

我们分手的导火索也和这个有关，那天我拿了两张节目演出的票，想和她一起去看，结果她说，她要和朋友去，不和我去。我羞愤至极，对她吼道，难道我就那么让你丢脸吗？她说，你想怎么说随便你。

就这样，我们彻底结束了。

事后我对朋友分析说，她一直不肯公开和我的事，有几种可能，第一种是她劈腿，或者想保持available的状态；第二种是她嫌我长得丑，带出去丢脸；第三种是她性格就是这样的。我不想把她想得太坏，也不想把她想得太好，我觉得她应该是嫌我丢脸，于是我自那以后，我对谁都自嘲说，我长得很丑。

前面说我们彻底结束，其实也没有。和她分开后我又颓废了三个月，三个月过后，我开始发奋读书。翻译老师不建议我继续读翻译，说哲学更适合我，于是我铁下心考中山大学的哲学系，那时在我看来它丝毫不比北大哲学系差。考上研究生后，她回来找我，想和我复合，我也不知道她心里是怎么想的，但因为我那时在和黄扬发展，没有答应她。读研后她到广州找过我，后来我们断断续续有联系，直到一年前她换电话，我懒得存，就这么完全告别了这个人。

我和她分手的时候，表面上没发生什么变化，其实心里早就不相信爱情了。我那时想，我全心全意付出的这么一个人，在我最困难的时候，在我面临经济、身体和心理三重巨大压力时，连一个几千公里外的师姐都不如，不仅不帮我分担，还刻意找机会和我分手；即使在我平安无事的时候，按照她的处理方式，我也只能称得上是她的地下情人而已，她跟我在一起感到开心，但是她甚至没勇气向别人坦白自己的感情。只能同享福，不能共患难。这样的爱情，要来干什么？

当然，我也知道这个说法对其他女生不公平，想深入一点，其实对她也未必公平。她确实说过她爱我，在那个时候，其实她也没必要说谎，她要是想找一个比我更有钱，在物质上更能满足她的人也是轻而易举，但她没有（反正我没看出来），这说明她至少是喜欢过我的。也许她性格就是这样，不懂得怎么对人好。也许和她父亲有关，因为她有一阵经常梦见我，把他父亲的形象投射在我身上。后来她跟我说她有男朋友，我给了一句忠告：你要是像对我那样对你男友，等他心灰意冷，你们迟早也是会分的。

不能否认的是，由于她，我确实对感情不抱什么希望了，想起差点因为她放弃自己的理想，觉得以前的自己疯了。我对后来喜欢上我的女生一直心感愧疚，因为严格来说，我对她们都是有所保留。我觉得一旦我真心投入，我一定会受伤，这就是我控制感情的办法，十分可笑。而且自从我和赢莹分手后，我的精神洁癖也变得十分严重，我也没办法因为一个女生对我好就全心全意地爱她。嬴莹毕业那年，我去找其他师弟师妹拍照，被她抓住了一起照相，我一时之间居然没认出她来。后来我跟别人说，他们都认为我是狼心狗肺的东西，我也觉得自己已经变成了一个彻底的王八蛋。我经常想到的一句话就是海德格尔说的，“也许，现在只有一个上帝才能拯救我（们）。”

有一个被我伤害过的女生，临走前丢下一句话：我真想看看，你这么自私的人，最后爱上的人到底是什么样的人。

那 些 被 我 们 辜 负 的 人

//

我虽然是为了辛瑶遥才搬到布心这边，但重遇她之后，不曾有过再追求她的想法。我尝试和人解释过这件事：抛开哲学上的人格同一性，对于她来说，现在的我必然不是小时候的那个陈纯，对于我来说，现在的她也肯定不是以前的辛瑶遥。

若干年后，如果我遇到另一个你

有一晚我靠在床头，觉得自己就像一坨屎的时候，突然想起了辛瑶遥。

这是她初一写给我的信里的意思。“一坨屎”不是原话，她说的是：你又矮，又丑，性格又差，成绩又不好。这种评价，现在一般是一个人自暴自弃时用来说自己的，辛瑶遥大大方方地，像盖章一样，把它们一个一个戳在我身上，怨念可想而知。

初一我们还在同一个学校，有一天我收到一封匿名信，署名“周春鸣”。这是我小学隔壁班的一个男生，成绩全班第二，在辛瑶遥后面。想来她的自尊心也真是强，匿名信的假名，也必须是个面子上过得去的人。

收到信的一个星期前，和我们同一个小学，通过抽签来到这所重点初中的高个子，才煞有介事地对我说，以前的同学都在传她喜欢我呢。

大概在小学六年级，育苗杯刚出成绩，临近升学考的那会儿，我真觉得辛瑶遥就要喜欢我了。翠园寄来录取通知，把我们学校前四名全要了。令人惊讶的是，她一直看好的孔俊林不在其中。辛瑶遥说过孔俊林是我们里面最有天赋的一个，第一次夸他的时候，还用眼睛的余光瞥了我一眼。那时我有中度自闭症，不是很看得出那个余光是什么意味。我甚至也不知道应不应该吃醋。

因为知道自己被录取，我放慢了复习步伐，周末经常和朋友出入游戏厅。我碰到白痴，他让我想起陀思妥耶夫斯基的同名小说主人公。闲聊几句后，我带着点醉意说，要是我打游戏机给辛瑶遥知道，她一定不再理我。白痴同学眼睛半盯着地下，停顿了一会儿，说：“辛瑶遥，她喜欢你吗？”

这句话我无言以对。

和他道别，我来到康泰斜对面的小区，辛瑶遥家住在六楼，这是我们刚认识的时候她告诉我的。我固执地认为她的窗户是那层楼右边数过来第二个，尽管我没有任何证据。我每次开始怀疑人生，都会走到她家楼下，在花坛上一坐就几个小时。这段故事我后来告诉了陈佳宁，陈佳宁又把它告诉了我初一的同桌黄河。所以每次和我发生口角，黄河都会将它搬出来，说我是“多情种子”。我们班的杨宝忠，三班的班草陈杰，也是住在这儿，我只希望不要见到他们。

我甚至都忘了自己是怎么喜欢上她的。似乎是有一天我从班上正门，她从一班后门出来，两人正好撞上。她扎着小马尾，穿着短到脚踝的校服裤（不是因为她个儿高，而是因为她至少有两年没买新校服了），微微笑了一下，然后快步走开。那是我们第一次碰面，如果我的自闭症已经痊愈且没记错的话，她的笑，是那种冷笑，或者说嘲讽的笑，就是一边的嘴角向上弯起，另一边基本不动的那种。我不可能觉得这样的笑有什么迷人的地方，那就应该是因为黑眼圈了。

我为她养成了两个习惯。因为她每天都是一班第一个到的，我为了在早上见她一面，也成了我们班最早到的，而且必须比她还要早，管理班级钥匙的姑娘觉得我是要拆她的台。为了见她第二面，我每天中午硬要送蔡佳华去车站，因为那个车站就在她家的小区门口。她走路的速度特别快，我们要跟着，就会把原本十五分钟的路程缩短到七八分钟。我后来回忆起这段路，觉得周围的人都像在慢动作播放，而她交叉前进的双脚，已经要转成车轮的形状，就像《小叮当》里画的一样。有一次在“投胎”的路上遇到我妹妹，她注意到了我跟着的人，问我，你喜欢这样的，熊猫眼？而我另一个妹妹，却记住了辛瑶遥的好朋友官锐雯，她说官锐雯长得像蚂蚁。熊猫和蚂蚁，就是她们对我的同学唯一的认识。

熊猫各方面的天分特别好，校长为了让我们几个在重点中学不丢人，特意给我们开小灶补习作文，第一次上课就提到她一篇曾经得奖的习作。我依稀记得她又回头瞄了我一眼，那种眼色是得意？我无从分辨。在那时的我看来，这就是喜欢我的证据了。

其他的一些证据还包括：他们班的人都认为我和她绝配，男男女女好几个都想过帮我牵线搭桥。现在的我，会这样去理解这件事：她是班长，且脾气并不好，一班的人大概以为她要是恋爱了，他们的日子会好过一些，刚好我自愿送死，他们何乐而不为？除了这些，另外一些证据是：当时冯虎仔跟王丽花在一起，陈志乐和李剑锋在追魏映柔，白痴喜欢上了马小睿，他们都有美好的前程。作为他们的兄弟，我没有理由是例外。当然，最大的证据在于：她并没有明确说不喜欢我。

有着这些“理直气壮”的证据，我还下了不少苦工。早起和不吃午饭不算什么，我把自己的数学秘籍传给了我们里面把妹最厉害的冯虎仔，就为了他能投桃报李，将旁门左道倾囊相授。于是至少有几个星期，我下午陪他和他的宠物叶振聪走回家，一路听他侃侃而谈。他跟我说他在香港偶遇一个白衣长发的女人，两人一夜风流，天亮她留下一张字条，写着：有缘无分，只等来生。我当时完全没有顾及他才十二岁，性器官都不知有没发育成熟的事实，也没有考虑到这种情节在港产片里出现了多少次，只是对他五体投地。他做了一个绝望的姿势，颇有点高冷地说，追女生这种事，最重要的是投其所好。

我想起她似乎是喜欢画画的，刚好我的画画水平在班上也是备受推崇。我和黎璟桦的禁毒漫画，参加过市里的禁毒宣传节，我画的一幅八神庵的铅笔画，在区里的比赛也是拿了奖的。我的父母完全没有在我这一项技能里做过什么投资，其实它应该是我最有天赋的一个领域，可惜现在荒废了。我给她打过一个电话，谈论画素描的经验，那是我们最有深度的一次交谈，也是唯一愉快的一次。电话挂掉后，对于她来说，我依然是那个面目可憎、阴魂不散的丑八怪，只是在收信前，我从来不知道。

上初中以后必须坐公交车上学，她家小区门口的车站成了离我们两人都最近的车站，车来车往，难免要在车上碰到几次。每一次我内心都欣喜万分，但表面却假装高冷，几乎不看她，也不打招呼，只是偷偷地留意她的到站时间，下决心把去年的习惯延续下去。

很遗憾的是，她家附近其实有两个车站，而且她也很快地练成了反侦查能力：她根据自己以往去车站的时间推算出了我到站的时间，然后在那个时间之前的十分钟走到和那个车站有一站距离的另一个车站，这样她就可以早我一班车到学校。我有几次不见她来，以为她迟到，心里替她着急，直到后来有一天提早，在另一个车站看到她上车，才恍然大悟。

其时我仍不至于想到她会厌恶我，只是以为她觉得尴尬，于是不再勉强。在爷爷刚去世的那段日子，我在沙溪乡下，用父亲的手提电话，给她打了一个电话。我很想告诉她，这次期中考的半命题作文《别了，××》，我写的是《别了，爷爷》，遭到语文老师的嘲笑，她说根据作文的“答题技巧”，这个“××”倘若写的是某个人而不是某种象征，就会显得没有深度。当时李剑川写《别了，53分》，得到90%的分数，楚琳写的是《别了，二十世纪的中国》，将近满分。我不明白为什么写真情实感会变成别人的笑料，而夸夸其谈却博得满堂喝彩。我也很想告诉她，因为爷爷的离开，我更想去珍惜自己身边的人。这些话我都不知道怎么表达，最终说出口的，似乎只是一些“闲言”，她不仅没有好声气去接，连我自己也有说岔气的感觉。

沙溪这栋房子，建了还不到十年，已经老态尽显。我在大门口给她打电话，大门口挂着两盏灯笼，透着昏黄的光。水沟旁边斜倚着一辆红黑色的重型摩托车，我把那个把手翻来覆去地摩挲，还从后视镜里看到自己的脸，就是这张脸，让她在两个星期后写信的时候忍不住起了一手的鸡皮疙瘩。

也许她说的“丑”，并不纯粹指长相，即使经过冯虎仔的调教，我也还是没有学会“投其所好”，我的追求方式和那个年龄的小男生别无二致，那就是欺负。只是由于我的长相，这种欺负丧失了任何调情的意味，变成了纯粹的“欺凌”。我曾经在尖子班（每周六的补课，全年级根据成绩重新排班）上把周春鸣的笔全部扔到地下，并嫁祸给她，让她哭了整整一节课；每次她经过二班的门口，我都伸出脚去绊她，她那种雷厉风行的走路法，每一次中招都差不多要跳起来；我还给她起花名，喊她“怪兽”，连她初中班的同学都知道。我对每一个接近她的男生都抱有敌意。

这样一想，辛瑶遥厌恶我就一点也不奇怪了。我把她的信撕碎又烧成灰以后，开始后悔。我应该把它留着，就好像我后来留着楚琳给我的那封信一样，那都是我失败的前半生的证明。我本来不想从里面学到任何教训，奈何还是学了。如果黑格尔关于历史教训的判断是对的，那作为个体的人类比作为群体的人类要精明太多。

我初中最后一次见她，是在初三的模拟考期间。翠园的模拟考也是按照排名来分班，当时我在三班，楚琳在八班，我去找她的时候看见了辛瑶遥，她趴在桌子上，有气无力的样子。我颇有点小人心态地想，你也有今天啊。后来她干脆不读普高，去了深圳艺校，我以为这是考不上一般高中的学生去的，没想到那是李云迪的母校，而且在她某一篇文章里写到，那里有一条在月光下会发亮的、崎岖的石子路，还有一个隐藏在树丛中的小池塘。

我放弃了画画，当然不是因为她——我对画画没有那种发自肺腑的热爱，我只是擅长。而我把激情全部倾注在文学上，或许会让熟悉我的人觉得奇怪，因为我对文字的感觉并不是那么好。我初二开始着力写东西，那时写出来的，可能连楚琳小学时的水平都达不到。在没有被分数和排名迷惑住的时候，我并不是完全不理解辛瑶遥的选择，我隐隐约约觉得，这个喜欢低头走路、脚步飞快无比的姑娘，在迈着自己的人生步伐时，也比我更加无所畏惧。中学的我以为自己是独特的，其实一点也不。每一个时代，每一个年龄层，都有一些既不愿在现行体制里力争上游，也没有底气完全放弃数值上的东西投身理想的“高级游民”。读文学名著，对于高中的我来说，是一种精神寄托，或者不如说逃避。在歌德笔下的德国乡下，或者在巴尔扎克小说中的巴黎名利场，我才感受到一点点鲜活生命的气息。石屎森林里，也只有红岭路和红桂路交叉街角的求知书店，老书城的三四楼，还有罗湖图书馆的几排文学书架，才能让我觉得所在的尚是人间。

我从自己的空间走出来并没有花多大的力气，这多少出乎我自己的意料之外。但关于生活世界的“主体间性”，我觉得不能完全套用公共领域的理论来理解：比起创造共识，我们在与他人的交往中更多的是在制造共同幻觉，越小的圈子就越是如此。我在中学所积累的，我以为是文字的才能，其实不过是一些暗号，最多是一种审美偏好：王小波、村上春树、米兰·昆德拉，如果王家卫的台词也算文字的话，还可以把他也算进去。凭借这些暗号或审美偏好，我在大学迅速结识了自己的同类。所谓的“共同幻觉”，就是“知道这些就很了不起”。谁知道呢，也许知道这些真的很了不起，即使不是，幻觉也是大部分人活下去的动力，只是我们所需要的幻觉不一样而已。

走过一段共同的路，总是要走到分岔口。在文学的基础上，我选择继续读哲学。小明哥提到康德欲言又止，元祐说喜欢休谟之后就没有下文，苜蓿陪我走得最远，至少到了本雅明。那时读懂完全说不上，只能说培养的是眼睛的肌肉记忆，几十次以后再看到类似的术语时，备感亲切，慢慢地就把这种亲切感当作了“领会”。因为说不清道不明，只能远离对“清晰”要求最高的分析哲学以及被分析哲学吸收掉的英国经验主义和德国古典观念论，两脚踏入了海德格尔和德里达的混沌与碎片之中。在那个“世界”，现代性学说和后现代性论是不可能视而不见的，尼采、韦伯、阿伦特、拉康、福柯、齐泽克的语录，贴满我的精神小屋，后来被刘甘二人打扮得粉墨登场的施特劳斯，他的《自然权利与历史》也在临近毕业前摆上了我的案头。

在翻译老师的怂恿下，我打算考中大的研究生，新学期开始，写起了完全上不了台面的大学回忆录，一面读齐泽克的《意识形态的崇高客体》和《敏感的主体》。在这些花样翻新的体系的刺激下，我写出了《西游新篇》中的《关于内与外》，讲蜘蛛精的结构主义与孙悟空的解构主义之间的纠葛，《关于明与暗》，试图阐释一种白龙马为“主体”（不是“主角”，主角仍是孙悟空）的神话叙事学。我把它们放在校内网上，没有指望多少人去看，更不希求有人会喜欢。

那时的校内网，加的主要是一些中学和大学的同学好友。阿财逛过我的页面，随手把《关于内与外》和《关于明与暗》都分享了，用现在的话来说，这叫点赞党，我一笑置之，却从来没想到会把辛瑶遥引回来。

我忘了交代的是，阿财和辛瑶遥是初中同班同学，和楚琳是高一同班同学，和我是高三同班同学兼大学室友。在他分享之后的第三天，《关于内与外》下面有一个空白头像的留言，说：写得真好，我也认识一个和你一样名字的人，不过我想你们一定不是一个人。我回复说：谁能说一定不是呢？老同学，好久不见。

辛瑶遥的空白头像维持了很长的一段时间，我们的叙旧，却总共不过三五分钟。印象中她从来没说过“小学那时……”或者“我们以前……”对于我喜欢过她，她避开了，写匿名信给我的事更是只字不提，好像没有发生过一样。我为了表达歉意（也可能是为了说明自己现在有多么不同），偶尔会提示性地说两句，每一次她都不接我的话头。我说，她就听，只是不给我任何鼓励，也不会去做任何延伸。这并不意味着她希望一笔抹掉我们小学相识的经历，当我在《我所认识的女作者》中提到说，认识最久的算是楚琳，辛瑶遥说，应该是我呀，我们认识了十五年（她把我们六年级前的几年都算上了）。我说，我们中间有七年都没联系呢，她一副天真的口气说，可是认识十五年听起来多么难得。

我说这些，是希望读者不要一开始就有一个错误的预设，以为这是什么逆袭的戏码。逆袭的戏码不是没有 ，高三毕业我从杨鹏那里拿到楚琳的QQ号，用一个虚拟的身份（同一届的华师学生）和她聊了一整个暑假，说的无非就是彼此的经历、阅读和创作，她从第二个星期开始就想约我出来见面，地点居然是现在我常去的92度咖啡。后来我听阿财说，楚琳觉得那个“华师的男生”也“可以考虑”（我从来没有提出交往），我就把这出戏喊停了，以免玩出火。

和辛瑶遥的久别重逢，完全不是这么一回事。我们完全把《一代宗师》的那句台词颠倒了过来，居然产生了一种相逢恨晚的感觉。有一些亚里士多德主义者会这样去解释我们的“相逢”：你们在那一天，才算真正地“认识”了彼此。言下之意是六年级到初一的那一段都是误会，是我们不成熟的潜能状态意外地互相碰撞。我倒不觉得是误会。在这一点上我是个可悲的行为主义者，至少就自己而言，我之所以成为现在这样子，大部分是环境使然：因为父母限制了我的零花钱，我青春期的躁动只能通过看书消遣，因为受到中学历史老师那种不可救药的“唯名著主义”的影响，又因为几个书店和图书馆重合的名著都是那一些书目，我被那些书塑造出这样的一种世界观和人生观。我在讲自己的经历的时候，讲的就是自己。

辛瑶遥，大概就不完全是这样。她有提到自己的妈妈，上大学后每周都会给她留下南周的文化版，等她假期回来，一次过读完。我也记得，小时候有一次打电话给辛瑶遥，是她妈妈接的，说了辛瑶遥不在之后，她加了一句：你说话怎么那么凶？我一时竟不知如何回应。我后来有问过她，你妈妈是知识分子吗？她说，完全不算。我不知道辛瑶遥的家庭给她的影响是怎么样的。

至少在某个程度上，辛瑶遥要么践行着自由意志，要么体现了基因决定论，反正她对于环境的超脱，要远远高于我。前者得到她一篇文章的支持，她说自己的倾向，一直是一种“过度自由主义”。里面没有用她生活中的例子，但她跟我说过，大二时突发奇想，要去北京跟一个摄影家学艺，就休学一年直接过去了，去到以后摄影家看到她的作品，说，你回去吧，我已经没什么可以教你了。于是她在北京租了一处烂尾楼，改成了自己的工作室，工作室的照片当时就放在校内网上，都是黑白的。里面有一张，她着一件白色T恤，上面全是颜料的痕迹，双手叉腰，出神地看着地下的画板。

就是从这一些照片，我看到辛瑶遥在我们分别七年后的样子。她的头似乎变大了一点，有可能是长胖的缘故，但仔细看，她的黑眼圈还在，只是这已经不会成为在人群中认出她的标记，因为她有了一双特别纯净的眼睛，这使她有的时候看起来像在发呆。重遇后的发型，一直和初中一样，梨形的齐肩短发。她的声音也没有多大变化，只是低沉了一点，语气从惯于冷嘲热讽转到几乎不带任何感情色彩。由于语言功夫的长进，她现在说话喜欢埋伏笔，还会用冷幽默。

我说她“语言功夫的长进”，并不是一个纯粹的修辞。她的画我是看不懂的，我分不清她的风格究竟更接近于蒙克还是毕加索。她后来送了一幅小人给我，说是我的肖像，我知道在她眼里，我终于不丑了，因为并没有比别的小人看起来更丑。她拍的照片对我来说也是差不多。然而她写的文章我是能判断出水平的。她写得好，而且不是一般的好。可以这么说：到头来碰到的最了不起的女作者，原来还是自己小时候喜欢的人。

后来也遇到一些女作者，似乎要把辛瑶遥比下去了，但当时她给我的震撼，是谁也无法取代的。从《文字眼光，学术趣味》和《我自己看张（爱玲）》，我看到木心、董桥、陈丹青，甚至胡兰成的痕迹。在她面前，我觉得自己实在天资平庸，何况写作只是她的副业，她也许压根没当一回事。我写完《我认识的女作者》给她看，她笑嘻嘻地接受里面所有的评价。苜蓿看完几乎想和我绝交了。

现在我是不敢再写这样的题目的，因为我有很多朋友是比较严格的女性主义者。在这一点上辛瑶遥也是个有点矛盾的人。一方面可以看得出她受过女性主义的影响，这包括她和我讲到波伏娃、贝蒂·弗里丹、和朱丽娅·克里斯蒂娃，熟悉女性主义思潮的人就知道，这三个人的打击面有多广。

另一方面，她在文字和学术上是认为女性比不上男性的，前面那篇文章，评价的虽然是张爱玲，但是文风却受几个男性作家的影响，何况她对张爱玲的评价并不算高。另外一篇文章里干脆说，她对一个人最高的敬重，是见到面，向前弯腰，喊一声“先生”。因为“不喊‘先生’，难不成喊‘太太’？”我隐约记得她说过弱势群体的审美标准、道德标准、价值标准容易受较强一方的导引这样的话。她自己就是这句话最好的证明。

我和她谈起过海德格尔和阿伦特，她受崔卫平评论阿伦特的文章影响，觉得阿伦特的责任要更大一些，我对哲学家之间的私人恩怨（包括感情恩怨）并不关心，但从另一件事上，可以看出她为什么要帮海德格尔辩护。

我们相认没有多久，我就知道她有一个男朋友，在中央戏剧学院读编剧，名字和某个纳粹党政高官的中文译名一样。校内是他主动来加我的（也许是辛瑶遥的推荐），我点进他主页，看到的第一个状态就是他叫别人不懂不要评价，然后我看了他日志里几首诗，老实说，颇为蹩脚，所以我也不打算留言。他的剧本在很努力地模仿萨特的《苍蝇》，第一幕就是命运女神和一个凡人呆板的对峙。那是我第一次怀疑辛瑶遥的审美水平。

后来他们两个还是分了，在没有分手前，辛瑶遥对他几乎是仰望和百依百顺的姿态。我没有在一开始就劝分的原因是：我从没见过她喜欢一个人的样子，也许我可以以此写一篇现象学分析。但越看，我就越觉得辛瑶遥在模仿阿伦特对待海德格尔，她觉得她男友是个文学上的天才，她只要做他的一个陪衬就够了。写这篇东西的时候顺便搜了一下这个天才的名字再加上“编剧”或“中央戏剧学院”，貌似天才还在怀才不遇中，或者干脆转行了，百度上只有那个纳粹高官冷峻的面容。

当时在《沉默的大多数》与《知识分子论》的启发之下，我写出了《论自由知识分子》，辛瑶遥第一个跑去看了，赞不绝口。今天我重新看一遍，觉得那个立场依然能说明自己的许多倾向，比如“做他者，但绝不做弱势群体”，成为主流的一个“形而上的反对者”，只是可惜没有提出一个更好的论证。我大概明白了什么样的文章会让自己满意：深刻揭示自己的思想或品性的，如果还能提供一个精妙的证成或解释，那就再好不过。

我曾经说过我自己十几岁的梦想已经实现，二十几岁的梦想遥遥无期，再看这篇文章，我突然想起我想做一个学者也就是前几年的事，从自己读博的时候开始，大概也就持续了两三年，相比之下，做一个“不弱势的他者”，也许更接近我二十几岁大部分时候对自己的预期，这样我人生的两个阶段就有了更大的连续性。

我想我唤起辛瑶遥的共鸣，多半也是因为这个。如果我以前对她的理解没有错，她应该比我更早就有这个领悟。中学的时候以她的智商，如果真想把书读好，那去深圳中学是完全没问题的。我怀疑她是为了让妈妈答应她去读艺校，才故意在中考前考砸。前一阵为了写这篇文章，我也去百度了一下她的名字，各种报道络绎不绝，《城市画报》85后精英榜上，辛瑶遥和宋冬野分别是设计界和音乐界的代表。可是她住在并不繁华的景德镇，探索着别具一格的陶瓷艺术。她曾说她和别的读艺术的女生相比，力气大，所以读了工业设计，因为这里面一半是苦力活。我对陶瓷制造的了解只限于《人鬼情未了》和《蜂蜜与四叶草》里看到的片段，但偶尔看到她在朋友圈说到开窑什么的，依然十分佩服。

我们后来见了三四次，第一次是大四的寒假，我和她和韩笑，去唱了歌。那时我刚患鼻炎，气息不太通畅，唱得实在糟糕。她乖乖地坐在一边听着，笑眯眯地鼓掌，我回过头去，有点认不出这个小时候的暗恋对象。我再没从她脸上看到那种冷笑，她的神情比她十二岁时还要无邪。如果说真的有返璞归真的境界，那她应该就是了。

我和辛瑶遥最后一次见面是2012年的寒假，当时小曼从澳洲回来，在网上和我说起初中时五班有个喜欢她的男生，叫一个女生帮她送情书。“那个女生的名字很奇怪，好像叫辛什么……”我问是不是辛瑶遥？她说是，就是她。我说这个真的太巧了。征得辛瑶遥同意，我们打算改成三人聚会。

那也是我最后一次见小曼。回去的时候，我和她搭同一班地铁，两个人站得很近。我问她在澳洲的情况，她说生活很有安全感，没有什么后顾之忧。她又问我读博后有什么打算，我说也许是去高校教书吧，不过我学的这个专业，在中国既没有钱途，也没有前途。她莞尔一笑，表示不懂。一年之后，她和长跑几年的男友结了婚，而我进入一段断断续续的焦虑期。我们没有再联系。

那一天约在华侨城的Loft，我们三个人说不上有什么共同的话题，零零碎碎讲到那个当年暗恋小曼的五班男生，现在在北大读物理博士。此外，就是我和小曼讲我们初中的同学，还有辛瑶遥和我讲艺术界的现状。她说设计界的男生几乎全是GAY，想在里面找男朋友是强人所难。我觉得她们两人一定不会把那当成是一次愉快的聚会。辛瑶遥知道我高中喜欢小曼，但她究竟对小曼是什么样的感觉，我无从分辨。尽管是墨尔本大学硕士，小曼似乎对所有文艺的东西都不太敏感，她曾经说过我写的文章她只能看懂百分之三十，剩下的都靠猜。因此，那些我写给她的诗歌和小说，她也不知道怎么评价，只是觉得有人如此对待自己，还是应该珍惜的。辛瑶遥不是一个刻薄的人，但是从她面对小曼时茫然的神情，我能察觉出她一定是感到不自在了。她一定看得出，小曼和我们，并不是一个世界的人。至少见面前她还撺掇过我去试探小曼的意思，见面后就再也不曾提过了。

我虽然是为了辛瑶遥才搬到布心这边，但重遇她之后，不曾有过再追求她的想法。我尝试和人解释过这件事：抛开哲学上的人格同一性，对于她来说，现在的我必然不是小时候的那个陈纯，对于我来说，现在的她也肯定不是以前的辛瑶遥。如果你问我更喜欢哪个多一些，我会为我有这样的一个朋友而感到自豪万分，但是感情上，我还是更怀念小时候的她——那时的辛瑶遥有点神经质，爱冷笑，对这个世界充满不信任，她的黑眼圈和这种气质完全是绝配——我甚至觉得有点遗憾，因为辛瑶遥变成了两个人，我再也见不到过去那个对我厌恶无比的“怪兽”。我无法跳到她面前说：哎，你看我有没有变好一些？然后她一脸嫌恶地说：我没有兴趣了解你现在是什么样子，转身就走。那样的话，我大概一辈子跟在她身后也未必。

我和她印象最深刻的碰面，是我博一那年的暑假，她正准备要去景德镇。我知道她有一个艺校的同学叫罗火苗，靠着给人做设计，年收入过百万，辛瑶遥那时凭着宣纸灯打响了名气，我问她为什么不留在深圳，她说，这个城市，过于消费主义，越来越不适合她这样的人居住。我也有类似的想法，于是有了《四城记·深圳》。时移势易，她在大师的路上越走越远，而我最终还是回到了这里。我忘了和她说，这个年代，学术其实比艺术要难，因为艺术依然可以被消费，而学术则不行。欣赏与消费，只有一步之遥。

也许我们都应该想开一点。

那 些 被 我 们 辜 负 的 人

11

对于有些人来说，一个吻就意味着要在一起；对于另一些人来说，一句“我喜欢你”才是意味着要在一起；但对于还有一些人来说，一个吻和一句“我爱你”，都不意味着什么。

圆圆

1

2013年二月十四日下午三点二十五分到午夜一点四十二分，我一个人在深圳的布心和翠竹游荡，脑海里上演着我和圆圆经历的一幕幕片段：我们在喜荟城第一次碰面，她任性地对我说，你不许和别的女孩子发信息，我站起来去洗手间，她说，手机不许带去；大年廿九，我匆匆扒完年夜饭，从东晓路一路飞奔往下，跨过金威天桥，走到东湖中学那狭窄的北门，几度回首，她终于站在灯火阑珊的地方；初三，从她叔叔对面的百仕达二期出来，我期待又忐忑地走到田贝四路，想起她白天倔强地问，来不来汕尾找我？我说，好，等我。在路上她临时变主意，于是我们来到这里。

八九月份我每天散步，把罗湖绕了个遍，没有想到有一天会以这样的方式来怀念这个地段。下午四点十分到六点，我一个人躲在洲立影院的一个小角落，感受着自己眼泪几回夺眶而出，每次在戏中舒淇对文章好，我就想起圆圆在LAX喝酒摇骰的间隙，偷偷把脸凑过来，让我亲她一下，亲完两手捂住脸，装出一副很害羞的样子；午夜一点，我走到她叔叔家附近，特意把东湖门诊部的全名背下来，把君逸华府车站的地图牢牢地记在脑海，因为我记得初四凌晨，半醉的我和烂醉的她从遥远的福田中心坐着的士经过这里，在上车之前，她推开那些抢着要送她的男人，抓住我的胳膊，语无伦次地说自己住在布心，其实住在布心的人是我；一点半走到家门，我仔细找了一下当晚那辆适时出现的私家车，五点下的士的时候，她步履蹒跚，甚至站都站不起，我索性抱着她靠在旁边一辆私家车边上，摸着她的头，望了望天上飘着的云，心想，就这样和她坐到梦醒，或许也不错。

我们的故事没有一个精心安排的开始。我和她的认识，按照一般人的说法，叫作“勾搭成奸”，她和我妹妹有着某种类似同学一样的联系，但她们两个直到同桌吃饭时，还是一点也不了解对方。就是这样认识的一个女生，我把她带回我家，让她在我的床上睡了一天，安排她和我的家人吃饭，并对他们说，我对她是认真的。他们都知道，我从来没带过女朋友回家。

昨天我对张威说，整个故事的关键进展，都不在我怀念的那些画面里，男人感动的点和女人感动的点不一样，一个文艺哲学男，和一个喜爱夜蒲的小姑娘，感动的点更加凑不到一块。尽管这样，我们还是在一起了。这样两个世界的对比，比起轻描淡写的火星金星的隐喻，要来得惨烈得多。

我从不自认是一个沉闷呆板的人。事实上，在我所在的文艺圈和学术圈里，我几乎是最贪玩、最重口味的一个。我精通唱歌跳舞各种桌游还有真心话大冒险，有着丰富的感情经历和强健的伦理心态，喜欢直言不讳两性之事。我偶尔去酒吧，但是只跳舞不喝酒，也不搞一夜情，我对里面整晚只喝酒摇骰子的男女感到难以理解。我想——现在还是这么想——这样的人生活该有多么空虚，才会用这么无聊的活动来填补精神的空当。我喜欢上这样一个女生，一定是上天跟我开的一个玩笑。

以前看过一篇文章，大概说的是纯情少男少女喜欢上蒲场中人，都会为对方找一个难言之隐，为自己的爱打好一个高尚的基调。在人前，我跟他们说，这个女孩也是命苦，父母离异，她很早就开始放纵自己，不能怪她。其实我心里非常清楚，这个根本就不是什么理由，我认识的单亲少女多的是，比她受的伤害更大的也多得是，没有一个像她放纵成这样的。这要放在标准的伦理学讨论里，她自己也要负很大的责任。

然而她在深夜的痛苦，却是我真真切切感觉到的。我非常能够理解为什么她要用这样的方式来度过每一个夜晚，尽管我觉得，她完全有可能用一种更安全、更健康、更充实的方式来替换。我们第一次见面，从喜荟城辗转到酷党，我的《浮夸》唱完，她让我送她到下半场，在门诊部附近的一家酒吧，她的姐姐（亲戚）在那等她。我回到家后一直不能安心睡觉，在客厅用手机看了几个小时的《剑桥秦汉史》，终于等到她回家的消息。

2

完全有理由相信，她第一个晚上对我说的许多温暖的话也是她经常对其他男生说的。用她的话来说，她每到晚上，就需要用酒精、用暧昧来消除自己的恐惧。没有喝醉的时候，她会同时和许多男人发信息，QQ、微信、陌陌……多管齐下。可以猜测，她从这些男人的话里能得到多少安慰是有限的，因为我有一个阶段也做过这样的事，大概知道其中的各种效果和后果。低成本的暧昧是一种对病人来说副作用比较小的病急乱投医，它有时伤害的是医生，像她这样所需剂量如此巨大的病人，被她伤害的医生应该是数不胜数。如果这种暧昧要发挥效用，那只能靠运气了。

不知道该说她运气好还是不好，那天晚上，她对我说的话，加上她见面时留给我的各种印象，在我体内产生了某种化学反应。这种化学反应，用一般人能听懂的话来说，就是“爱情”。这个过程的发生，在我的所有朋友的解释里，甚至在她的解释里，都是“外貌协会”在作怪。我处于一种几乎无法辩解的境地，因为我很难向他们说清楚，她对我做的那几个小细节在爱情里意味着什么。

除了我开头说的，她不许我给别的女生发信息，她还有许多举动确实容易搅动男人的心池。从黄记煌出来，她让我扶着她，说她来大姨妈还吃得这么撑，现在走不动了。然后，她偷偷凑近我说："我让你摸一下我的肚子吧。"我毫不客气地摸了，但她这种主动在我和女生第一次见面的历史上见所未见。一般来说，第一次发起身体接触的那个都是我，她这样反客为主，让我既不习惯，又感到激动，我开始怀疑自己其实是一个常年伪装成S的M。在反斗乐园的时候，我看她投篮百发百中，把我比得落花流水，忍不住从后面搂住她，想干扰她的注意力。谁知她不为所动，一路冲关，只是游戏结束后，很无辜地问："你为什么抱我呀？"我心里好像挨了重重一拳，整个人头昏眼花，不知所云。

和她在一起的时候，我一直竭力让她有受到照顾的感觉，我帮她洗餐具、拎包、给她买烟，在服务生拿来冻饮料时，我一把抢了过来，让他重新拿一瓶不冻的。后来想起，我觉得这像是在做马（作弊），因为当我们在店门口等位，她就告诉我她喜欢对她很好的男生，这个贴士（提醒）实在太明显，胜之不武。

她真正打动我的时刻，是在喜荟城一楼，我们刚下扶梯，她就拉着我的手，不是整个手掌，而是两根手指，这是小女孩拉爸爸的手的方式，她让我想起了我大三的女朋友，那个经常把她对爸爸的感情移情到我身上的可怜姑娘。我回头看了下她，她低头，从发隙中抬起眼睛偷偷地看我，带着点羞涩，我脚步差点不稳，就像跌进了一个很深的地方。

作为一个把妹高手，我理智上非常清楚，她对我做的这些，就好像我对那些我有好感的女生做的那些一样，很可能只是一时兴起，没有任何情感上的意指。我甚至觉得，连那“一低头的温柔”，也可能是她有意识做出来的。经验多了，什么样的举止和言语能让对方的心泛起波澜，我们都再清楚不过了。我这样一个以技巧见长的人，被一个姑娘的技巧轰杀，天理循环，说的就是这样。

那天晚上，我心情一直不能平静。我对这种长相精致的女生的防范之心，在她面前完全不堪一击。在酷党那间小包房里，我报复性地强吻了她，打算以这样的均势结束这段暧昧，但她把我拉过去合照，我跌宕起伏的心绪让我知道自己又落了下风。回到家后，我收到她的微信说她想我。我心里松了口气，如果我从此不再理她，我们之间就打成平手了。我突然想起欢欢对我说过："你这个人，总是把感情看成博弈，非要赢了对方才能甘心。"我在心里反驳她说，欢欢啊，你只说对了一半，我是把感情看成博弈，但我这次只求不要输得太惨而已。

可以想象我后来是怎么看待她对我说的那些话，这段感情的开始，是一个理性的我在好笑地看一个感性的我怎么一步步被一些平常至极的技巧所击中。前者还拍着后者的肩膀说，没事的，偶尔动动真情，有益身心健康。圆圆回到家后，带着点醉腔，说她不喜欢我对她动手动脚的，但是很喜欢那种被我照顾的感觉。要安抚这种小小的不愉快，对我来说易如反掌。这一个晚上，我们两人在彼此的甜言蜜语中睡着。

3

第二天醒来，我非常清楚，自己那仅有的一点优势，其实是她故意让我的——她在手把手地教我怎么追求她。更让我感到惊讶的是，我意识到这点的时候，丝毫没感到羞愤与不悦，这个小姑娘的伎俩如此高超，连我的斗胜心也被治得服服帖帖。我感到此刻的自己像一个躺在木盆里的婴儿，荡漾在波光潋滟的湖面，迟迟不想睁开眼睛，任由阳光和水流的摆布。我想，我完蛋了。

那天在毛毛的店里有一周一次的群聚。他刚好傍晚有个相亲，我怕聚会要取消，早早去岗厦找他拿店钥匙，饭都没吃，就一个人跑去开门。

很快心怡、翔哥、阿峰、小伟都来了。我们去吃了四川豆花。阿郎和阿猫一到，活动基本可以开始了。这个小团体的积极、包容与互助，让我突发奇想：如果我可以把她带进来，也许她能放下那种夜蒲生活，重新振作起来。人的环境，往往决定了人的习惯。至于人的习惯决定了什么，我就不想再接着说了。

我跟她的事，还不想告诉任何人。我知道自己已经中招，但也不是完全没救。她虽然制伏了我的斗胜心，却还没制伏我的自尊心，如果她后面的举动让我知道她昨晚只是逢场作戏，只是为了看我好玩，那我再痛苦也会快刀斩乱麻。我感觉自己就像在放风筝，无论自己的感情在天上怎么飞，它身上的线还是被理性牢牢地抓在手里。这个晚上，我表现得十分克制。

我问她："在哪？"

她回道："在康宁隔壁。"

"你果然是个神经病。"

"是啊，等你来救我。你来不？我们在打麻将，三缺一。"

这个女人不仅爱抽烟喝酒，还爱赌钱。在LAX的时候，她朋友把十几杯Tequila端上来，附带了一杯盐，我乍看还以为是K粉，这部分说明了在我心里，我觉得她什么事情都做得出来。如果她哪一天跑来跟我说她抢了银行，还打死几个警察，让我带她着草（潜逃），我一定不会觉得奇怪。

赌钱这种事，严重违背我的操守。她发了一张身穿粉红色洛可可毛外套的自拍照来引诱我。我回复：装可爱也没用，不去。

群聚之夜在扑朔迷离的狼人和狗血纷呈的八卦中结束，我坐心怡的车回家。在车上， 她问我为什么之前喜欢了一个女生，又突然不喜欢了，是不是我的喜欢只能持续这么短暂。我说，一个人越喜欢另一个人，就越能容忍她犯错，但我对这个女生不够喜欢，因为她做了一些事情，让我感到对她的喜欢已经一去不复返。她问，那对于什么样的女生，你会接近极限地容忍？我说，现在我清楚了，应该是一个漂亮的女神经病。对于神经病，你不好太跟她计较。不过，为了表示悔过，我以后再也不招惹正常的女生了。

她说，你还是不要招惹任何女生比较好。我笑笑，不说话。

4

我回到家，以为圆圆睡了。正要躺下的时候，她发来微信，让我给她讲一个故事。

我想了一下，给她讲了那个经典的《白雪公主的小矮人》的故事，那是我大四写的，我一直认为那是我写得最好的一篇成人童话。

在某一个可能世界里，第七个小矮人不仅是白雪公主的好朋友，他还深深地爱着她。那个世界里出现了好多个王子，他们都是白雪公主的追求者，公主并不真的喜欢他们，但他依然答应和其中的一些约会，还和其中几个在一起过。

每次和一个新的王子约会，公主都会告诉小矮人那些女生闺房中的秘密，小矮人一字不落地听下去了。他听得很认真，用他贫乏的两性经验和对人性的认识，给公主一些简单的建议和安慰。他知道自己给不了她幸福，他也知道这些王子并不是公主的真命天子。白雪公主内心里，渴望着有一天，在一个万众瞩目的场合，有一个脚踏七色云彩的王子，光芒万丈地出现，义无反顾地把她带走，给她一生的幸福。

故事终于到了那天，公主吃了女巫的毒苹果倒下了。所有的王子，他的前男友和爱慕者，不远千里跑来吻她。小矮人冷静地看着，他知道这一刻终于到了。在万众瞩目之下，那个脚踏七色云彩的王子出现在所有人面前，他的外表是那样光芒万丈，眼神却又那样黯淡无光，一定是公主的死让他忧伤过度。

他吻了白雪公主，公主在众人的欢呼声中复活了。

白雪公主和七彩王子恋爱了，小矮人觉得自己的使命已经完成，默默退出公主的生活。

离开白雪公主后的小矮人不知道如何安排自己的生活。他已经习惯每天静静地坐在屋子旁边的树桩上，听公主抱怨王子们的笨拙和愚蠢。现在公主走了，他只能躲进一个森林里，用修炼法术来忘记自己对公主的爱。自我麻醉的时光过得特别快，几年以后，小矮人长高长帅了，他从森林里出来的时候，有人说，他长得越来越像一个王子了。

与其同时，和七彩王子在一起的公主并不幸福，他们在一起没多久，还是分手了。公主觉得没人能够解救她的孤独。

白雪公主和长高的小矮人在一次散步时相遇了，公主惊讶地发现，小矮人比她见过的所有王子都要帅，甚至比七彩王子还要帅。公主自信地问小矮人，你可以当我的王子吗？

出乎意料的，小矮人拒绝了，他忧郁地说：既然我已经是王子了，你怎么会还是公主呢？

公主无言以对，小矮人也默默地走开了。他叹了口气，召唤起他修习的其中一项法术，七色云彩。从他在森林里知道这项法术时，他就清楚自己的命运了。他知道，他要去一个很远的地方，那里有一个吃了毒苹果的公主，等着他去解救，而且他也知道，他们终究会分手的。

云彩在天空集聚的时候，树林里的那些风吹得多么忧伤啊，就像他如今的眼神一样。

我给她说这个故事，是因为我觉得她和里面的白雪公主很像，她们都用不断的暧昧来填补空虚，却只是在等待一个真正能拯救她的王子。当然我没有觉得我是那个王子，反正王子和公主也不能在一起。很多女人一生中都在等待这么一个男人，最后，她们有的在失望中妥协，有的在绝望中老去，只有极少数的幸运者能如愿以偿。我给她讲这个残忍的故事，证明我自己也是一个变态。

她听到一半就睡着了，第二天醒来，她也发现女主人公和她很像，快到结尾的时候，她吓哭了，她问我结局是喜剧还是悲剧，如果是悲剧，她就不听了。那个时候，我觉得她真的很脆弱，我开始后悔把这个故事告诉她。她说，既然她不能听完这个故事，那她就讲另外一个故事来补偿我。这是小白兔和糖果的故事。

小白兔有一家糖果铺，小老虎有一个冰淇淋机。兔妈妈告诉小白兔，如果你喜欢一个人呐，就给他一颗糖。小白兔喜欢上了小老虎，那么那么喜欢，忍不住就把整个店送给了他。回家后兔妈妈问她，那小老虎喜欢你吗？小白兔直点头，妈妈说，那他为什么不给你吃个冰淇淋呢？

小白兔说，他是要给我来着，我说我不爱吃。兔妈妈说，那你真的不爱吃吗？有七种口味呢，巧克力味道的里面还有你最爱吃的杏仁啊。小白兔用脚划拉着地板，喃喃地说，其实我也没吃过，只是就想着把糖给他了。

小老虎有了糖果店，小白兔说不如我帮你把冰淇淋机推到公园去卖吧。夏天可真热啊，冰淇淋每天都卖得光光的，大家都夸小白兔好聪明。小白兔呢，还是一口也舍不得吃。她就想等小老虎亲手送她一个，小白兔自己也没发现，她最爱的口味已经换成了香草，想要的也不再只是冰淇淋了。

时间一天天过去了，小白兔还是没有吃到冰淇淋。倒是隔壁摊子卖饼干的小熊，给了她一盒小兔子造型的曲奇。小白兔留下糖果店和冰淇淋机给了小老虎，跟小熊去了更远的小公园卖饼干。兔妈妈问她，你不是不喜欢吃饼干吗，怎么又收下了呢？小兔子揉着红红的眼睛说，我就是饿了。

后来小兔子听说，小老虎把冰淇淋机送给了小企鹅，和她一起住在了糖果店里。小熊把这些告诉小兔子的时候，她耷拉着耳朵呆了很久。小熊开玩笑地问她，你是不是后悔没有吃个冰淇淋再走呀？小白兔愣愣地转过脸说，就是有点难受，没能留些糖给你。

小兔子卖力地帮着小熊卖饼干，没多久就又攒了一笔积蓄，买了新的糖果铺。这次兔妈妈千叮咛万嘱咐，她说宝宝啊，这糖要慢慢地给，不然后来就不甜了。小兔子嘴上连连答应，心里却想着小熊收到糖果店该多开心啊。她只知道小熊又加班去了，不知道他小鸭子形状的饼干马上就要烤好了。

小兔子回家看到了偷偷藏起来的小鸭子饼干，什么也没有多问，只是跑回家跟妈妈大哭了一场。她呜咽着和兔妈妈说，小熊最喜欢吃糖了，我终于可以给他糖果屋了，他为什么要离开我呢？兔妈妈笑了，她摸摸小兔子的头说，当他不爱你了，你的糖就不甜了。

小兔子还是想不通，只好带着糖果店搬去了更远的地方。小鸭子可不是什么善茬，她不知从哪里打听到了糖果店的事。一天饭后，她揶揄地告诉小熊，哎呀你可不知道吧，你心里最单纯的小白兔，背着你用卖饼干的钱给自己买了好东西呢。不久之后，小兔子就收到了小熊的来信。

信里只有短短几句话，大致是说小兔子走后饼干铺子生意一直不好，钱怎么说也是卖饼干挣来的，希望小兔子能把糖果店还给他。小兔子看完信后眼睛哭成了桃子，她想起了妈妈的话，把店给了小熊。兔妈妈说小兔子是韭菜馅的脑子勾过芡的心啊。她说妈妈，其实糖还是甜的，只是人生太苦了。

后来小白兔又爱过几个人，都无疾而终了。这缺心眼的小兔子啊，喜欢上一个人，就会使劲地对他好，恨不得掏心掏肺给他看。她以为只有这样，才能让爱情活得更久一些。可惜那时候的小兔子还不明白，其实任何东西啊只要够深，都是一把刀。

有一天小白兔出门，发现小熊醉倒在她门口，他哭着碎碎念着，说他过得不开心，说糖果店已经被吃完了，小鸭子嫌它没本事拍拍屁股就走了。他一把抱住小兔子说，如果说这世界上还有什么值得回忆的，大概也只有你了。小白兔被勒得喘不过气来，她心里想着，也许爱上一个旧人，就不会再有新问题了吧。

很久很久以后，小兔子和别人讲起这段故事，总是感慨万分地说，那些值得回忆的事啊，就该永远放在回忆里。

不知道你有没有玩过一种游戏机，投硬币的那种。有好多小爪子推啊推，硬币们相互推搡着，摇摇欲坠却又固若金汤。你投入的越多就越难收手，机器里的硬币垒得越厚重就越不会有收获，可越是不掉币，你就越觉得大奖就要来了。这逻辑很有趣，它只是在你输的时候成立。可小兔子就是这么觉得的，她在万丈悬崖边，以为跳下去是学会飞翔的秘密捷径。她默默地想，大奖终于要来了，她被大把硬币即将掉落的声音迷红了眼，以至于都忘了，自己没有翅膀。

既然是童话，总得有点好的不是。小兔子回到了小熊身边，日子没有想象中糟糕。一起吃饭，逛逛公园，小熊每天都采一朵最漂亮的花儿送给她，小兔子会烧一手好菜，小熊总是抢着洗碗。小熊以为一切都要好了，他甚至有一点点失望，都说感情是刻骨铭心的，可小兔子似乎没有留下任何伤痕。多可笑啊，那些拿刀子去划豆腐的人，永远都不知道豆腐的疼。

直到有一天晚上，小熊从厨房出来，随手递了一块饼干给小兔子。小兔子摇了摇脑袋说，我好久不吃饼干了。然后她抬起头看着小熊，淡淡地说，你给过别人的东西，就不要再给我了。小熊一瞬间明白，这些伤口还是血淋淋的。那年小兔子扑在妈妈怀里哭的那个下午，他就已经弄丢了他的小兔子了。一起弄丢的。还有原本可以幸福的可能。

可小熊舍不得小兔子，小兔子自己也没发现自己当初的喜欢，已经只剩下不甘心。日子还在继续，小兔子除了还是不吃饼干，什么都千依百顺的。在别人眼里，他们俨然成为了恩爱的一对。直到有一天，她打开一只旧箱子，里面装满了小熊每天采回来给她的花。花都枯萎了，小白兔想起这些日子，她每天接过小熊的花都是敷衍地笑笑，转身便扔进这破箱子里。她一下子发现，原来不爱了，是早就不爱了。

和小熊分手后，小兔子断断续续地又开过几个糖果店，卖的卖，送的送，也所剩无几了。可她还是学不会开口，说她饿，说她想要吃个带杏仁的冰淇淋。她把给糖果当成了一种惯性和礼节，看起来和从前没什么差别。她还给它们包了亮晶晶的糖纸，但小兔子心里明白，它们早就没有味道了。

后来小兔子结婚了，是和其貌不扬的小猪，再后来还有了两个孩子。小猪是隔壁村子来旅行的，据他后来说，是来小兔子店里买糖的时候，一眼就喜欢上了这个小机灵。小猪一连来了好几次，每次都是买完糖，付了钱，又悄悄地把糖留下。兔妈妈说，这样的孩子品行好，可以嫁了。小猪果然也没让兔妈妈失望，结婚后包揽了所有家务，大家都夸小兔子好福气。小兔子也总是笑眯眯的，她常常摸着两个孩子的头说，如果你们喜欢上一个人啊，就找他要一颗糖。

故事就要结束了。没人知道，当年小猪留下的糖，是小兔子准备吃下的毒药。小兔子明明知道是有毒的，却也懒得阻拦就卖给了小猪。她想，这些贪图甜腻的人啊，总该受到些惩罚。当她刚准备重新拿出毒药服下的时候，发现了小猪买走的糖，居然安安静静地放在罐子中。

第二天小猪又来了，第三天也是。小兔子还是给他有毒的糖，她甚至不明白自己为什么要这样残忍，他总想着只要小猪收下一次，一切就都结束了。可小猪每次都巧妙地放回了罐子里，然后趁小兔子还来不及发现就走了。小兔子在和自己较劲中，似乎又看到了春天。他幸免的不只是那些有毒的糖果，而是小兔子这些年对这个世界巨大的失望。终于他们相爱了，后面的故事也水到渠成了。

可她忘记了兔妈妈说的，你拿谎言去考验爱情，就永远遇不到真心的爱人。

有一次小猪喝多了，朋友们起哄问到他当时怎么想到不收下糖果。小猪被灌了太多酒，回答得稀里糊涂，颠三倒四。但当那些字组合在一起，传到小兔子耳朵里时，在场的谁也没听懂，只有她在一瞬间放声大哭。

小猪说，那天啊，那天我只是路过来着，小熊硬塞的钱，小老虎说如果我能把糖放回去，冰淇淋机就是我的了。

嗯，故事说完了。

别哭，这世界是守恒的。你付出的每一颗糖都去了该去的地方。

那些你爱过的人，总会在平行时空，爱着你。

5

这个故事很长，难为她真的全部给我念出来了。她在大学读的是幼教，念故事念得一字不落还饶有兴味。故事本身打动不了我，但我知道，一个喜欢这样故事的女生，心里总是有柔软地方的，她也许没我想得那么糟。

从策略上来说，这个时候我应该和她好好地讨论故事的内涵，现在她这么脆弱，我只要在解读里加一点私货，给一点误导，我们的形势马上就能调转。可我不想这样，我又怀疑是她放水。我略带自嘲地说，本来我以为我的饼干长期挥霍，早已一点不剩，只能靠打家劫舍为生，没想到有一天我心里的另一个仓库被你打开，发现饼干堆积成山。

我说的这些，也确实是真的。十二月和苜蓿见面，她说我“爱无能”，我也并无否认。这几年来，每次发现自己的爱后劲不足，我都十分心痛。我自己很清楚，我对那些姑娘最开始的那点好感，根本不足以支撑我们走完一段完整的恋爱时光，奈何我贪玩又技痒，一次又一次抱着侥幸心理。这次我遇到她，积蓄已久的洪水已经决坝，我完全做好了心理准备，未来我因她而起的任何痛苦，都是自找，都是报应。

她还在嘟嘟囔囔地问我故事几个细节是什么意思。

我没理她，只是最后说，我不知道你那里有多少糖果愿意给我，至少我这里的饼干，都是留给你的。

她不说话了。

半晌，她笑着问："你也是饿了吗？"

我说："饿啊，但我不至于饥不择食。"

她只说了一句："我很贪吃的。"

其实这句话，可以有两个意思。第一个意思是，她想要我很多很多的爱。我当时真爱爆发，气冲脑门，只懂得这么理解，于是我说："多多都有！"但第二个意思，她也许是说，她想要很多很多的爱，不仅我的，还有别的男人的，她不仅想要吃饼干，还要吃冰淇淋和蛋糕。如果当时我的脑子会拐这个弯，也许我对她的期望就不足以导致一段感情的发生。在事关内在价值的关键时刻，我从来没有想太多。

下午四点钟，她在朦胧中发微信给我，说：陈纯，我喜欢你。

6

如果这句话是一个正常女生说的，我会雀跃不已（当然，我也不太可能喜欢上一个正常的女生）。但这句话是她说的，即使它是真的，那也不意味着什么。对于有些人来说，一个吻就意味着要在一起，对于另一些人来说，一句“我喜欢你”才是意味着要在一起，但对于还有一些人来说，一个吻和一句“我爱你”，都不意味着什么。我自己就是这样的人，我怎么会对她的那句话有什么期望呢？后来我知道，我和她不同的是，对于我来说，在一起意味着许多，但对于她来说，在一起或许还是不意味着什么。

那个下午我在看新版《笑傲江湖》，想把好多年前看林青霞版的《东方不败》的遗憾一集一集弥补回来。那年东方不败跌落悬崖，眼神里的哀伤断肠，只有“思君令人老，岁月忽已晚”一句可以比拟。如果她和令狐冲是一对，那金庸小说里再也找不到比这对反差更大的恋人了。张翠山和殷素素不算，张无忌和赵敏不算，原本的令狐冲和任盈盈也不算。我不知道我是不是希望从这样的剧情里找到自己的影子。

她在微信里问我，今晚要不要去花市？

在我有限的记忆里，我去花市的次数不超过三次。每年花市开张，经过爱国路的时候我都下定决心无论如何要去一趟，奈何最后都找不到合适的同行者。今年她愿意作陪，那我是再开心不过。我们约在东湖中学门口等。

我冲出房门的时候才意识到今天是除夕。沐浴更衣之后，这顿年夜饭吃得十分马虎。我一路顺着东晓路往下，找不到一辆的士。我想起初中除夕的节目就是和阿水放炮仗打街机，高中大学每每喜欢一个人出去晃荡，那时我心里还喜欢小曼，去年她已经在澳洲完婚了。我确实从来没有想过，自己会在除夕这天和心爱的女生出去，一直以来，她们都离我非常遥远。

这次的遥远距离体现不在空间上。十五分钟没到，我就经过翠竹派出所，走到君逸华府。一抬眼，东湖中学就在前面。我记得这里，九月份我心情抑郁，傍晚常常一个人出来散步，有好几次经过这里，这条心安路连接着布心路和太安路。我只是没注意到这个东湖中学，更没注意到街道两旁的百仕达二期以及新港鸿花园。我怎么会想到，我初中的老同学和我后来的女友的叔叔，就分别住在这两个高档住宅区。那时的我对物业带着相当程度的冷漠。

作为一个专业的夜游者，我对夜晚的街道研究颇专。在很长一段时间里，我沉迷于街灯的意象，入诗入文，久久不能自拔。去年平安夜，我在海印桥旁发现了一个幽静的车站，那里被夜幕和华盖紧紧地罩住，活生生撑出一个有棱有角的空间来，让寒冬夜行的我感到无比温暖。除夕夜的心安路，兼得两者之妙：光线橘黄，自成一格；街灯聚焦极严，所有的橘光牢牢被锁在这条小街，把布心路恰到好处地排挤出光域之外。我站在东湖中学的小门口，从右上角的监视镜里看到街灯把自己照出一脸的黄，像极了《约定》里唱的，这本是好意境，只是我本来肤色就黄，与自己面面相觑，差点没心生嫌恶。

我四处沉吟踱步，心头跳出了一句诗：你不来也好。可是这时我收到她的微信：你回头看看。她就站在路的另一端。

7

她穿着一件和昨天发给我的照片上一样的棉毛外套，只是颜色要淡一些，下面是黑色的连体袜，把她的身材衬得很好。她微微侧着头，头部向下倾斜，头发背着光利落地垂下来。我差点看不清她的模样。

我一走上去，她就挽着我的胳膊，这是我最喜欢的一种表达亲密的方式。一辆的士识趣地出现，我帮她打开后门。

这是我第二次和她坐的士。她每次上车就想睡觉，一开始是靠在左边门，后来就靠在我身上。可惜每一次我们的路途都那么短暂，我不能让她靠我靠得久一点，如果有一天我们能肆无忌惮地在一起，我一定要她一直靠在我身上，不吃不喝不上厕所。她的身子很软，就像我去年春节睡过的那床棉被一样。

司机绕了远路，把我们在花市的后门放下。一下车见不到前门的白素贞，她略微有点不高兴，我安慰她说，我们走到前面去看也一样，可以把最美的期待留到最后。她笑笑答应了，她真心的笑容就像六月飞霜一样难得，其余全是皮笑肉不笑。我拉着她的手往前走，很快她就甩掉我的手，然后我搂她的腰，过了一会儿她又挣开了。她停下来说："为什么你不管牵手还是搂腰，都不能紧一点呢？你就不怕把我弄丢了吗？"我心里想，如果你要走，我又怎么可能抓得住？我把她的手紧紧地攥住，力度都可以把她弄疼了，她却十分高兴。我跟她说，我觉得自己不像带女朋友出来逛花市，倒像是带病人出来散步，而且还忘了带药。她一听更兴奋，疯了一样拉着我往前面跑。

在花市逛的那半个多小时里，她一会儿想偷摘前面那个男人手里的百合（买的她不要），一会儿拿手机敲我的头，面对我的质问，还装哭说我冤枉她。在我又好气又好笑的时候，这种愉快俏皮的气氛很快就给几通电话搅和得烟消云散。她的各种朋友，打电话问她今晚要不要去喝酒。她爽快地说："当然要啊，除夕怎么能不喝酒，今晚不醉无归呀！"

我很识趣地问："你约了他们几点？要不我先回去？"她摆摆手说："不用那么快，他们一般十点后才会找我，现在早着呢。"我们走到白素贞那里，回头看着汹涌的人群，很有默契地决定不再往回走。她问我："去哪？打桌球不？"我毫不窘迫地说："不会，但是可以奉陪。"她左右望了几圈，看得出拿不定主意，我说："去翠竹那边喝点东西吧。"

这间喝东西的地方，十年前刚开的时候我已经快高中毕业。我们一坐下，隔壁桌就有人向我伸手："陈纯！原来是你！"我一看，是高中的同学蔡大鹏。高二那年我和另外三个男生很不要脸地组了个F4，贿赂了全班同学，每次兴致一来就逼着上课的老师给我们上台唱《同桌的你》。大鹏是我们当时的"经纪人"，他说："你们进来后我一直盯着这个美女看，没想到美女后面是你。这是你女朋友？"

我回头看了看她疯疯癫癫的样子，心想她也未必愿意别人以为我是她男友，就说："当然不是，这个傻妞是我在路上捡的。"大鹏和他朋友对望了一眼，异口同声说："开什么玩笑，这么漂亮的女生哪里有得捡？"

我见他们真有点信了，索性把手往外一指，说："就在爱国路，今晚我一个人去逛花市，看这个小妞一副喝醉酒快要倒下去的样子，就扶了她一把。谁知她就这样黏上我，说我去哪她就跟去哪，我现在也没有办法。"她在一旁听到，很合作地一把倒在我怀里，娇羞地说："是啊，他去哪我就跟去哪，我现在无亲无故，只能黏着他了。"大鹏和他的朋友听得目瞪口呆。我突然抓住他的手说："要不你帮我接手吧！她这么变态，我实在受不了了！"我觉得我的眼泪都要出来了。她继续抓住我的胳膊说："不要！我就要你！"

接着她的初中同学也来了，她从我钱包里翻出了二十块钱，跑到他们桌去玩纸牌。我让大鹏来我这边坐，指着她的背影，一脸嫌弃地说："她这么神经，又爱赌钱，怎么可能是我女朋友。"大鹏点点头，我们的话题变成怎么在街上成功搭讪。

一会儿来了大鹏另一个朋友。圆圆打完牌，赢了十几块钱，兴高采烈地回来。一坐下，我就给她介绍新来的朋友，说，这是康宁医院的实习医生（他真的是），问人要张名片吧，你明天或许就用得着。然后我对那朋友说："这妞不太好对付，明天接诊记得保护好脖子，小心被咬。""哦？明天你们不上班？这怎么可以？""你让这么严重的病人怎么办？现在的医生啊，舍己为人的精神都去哪了！"然后我捂住嘴巴，眼泪又要出来了。

没多久大鹏和他两个朋友就被我们吓跑，他们说去花市，天知道是不是去捡迷糊少女了。我们两个坐在那儿，开始感到无话可说。刚才我们一坐下，她就要我去问他们会不会打麻将，后来她干脆自己回过身去，撺掇他们去打桌球或唱K。我不知道她是不是在用这种方式来表达厌恶与我单独相处。当然我也可以解释为她跟我一样是人来疯。很多时候我们这种人即使陷入爱河，也更愿意和一大群人一起活动。我跟她在一起，总是做好最坏的打算。我现在打算她一露出厌倦的神情，就马上建议送她去下半场。

“下半场？”她笑了。哪里是什么下半场？她后面还有三场。DADA一场，福田一场，还有皇室派对一场。她正在想如何协调分配这三场的时间。我叹了口气说：“不管哪场都好，我现在送你过去吧。”她说：“那么着急干吗？我还没决定呢。咱们再聊一会儿。”

这是个容易招惹是非的女人，从她坐下到现在，我随便望了几次，每次都有雄性动物在往这边瞅。这些衣着光鲜，发型潮骚，甚至还叼着烟的孩子曾经是我的噩梦。在那人人都是外貌协会的中学时代，他们的出现每每让我无地自容，羞愤难当。按理说，有过这样的经历，我该恨死了外协，但偏偏我自己是一个严重的外协。于是我索性照单全收，提到自己的长相，总是忍不住多踩几脚。这种做法具有道德和策略的双重优势。它既体现了我绝不搞双重标准的优良品质，又能让别人的贬损相形见绌。外貌上的自卑，就这样被我轻松化解。

今天在圆圆和这些孩子面前，这种自卑又悄悄地抬起了头。看到他们相遇，我就想起蒲场中人经常做的事，除了暧昧、喝酒、跳舞，一夜情对他们来说也是稀松平常的。她随手把她的iPhone给我看，上面一条一条都是别的男人发给她的荷尔蒙短信。我一把推开，说："你给我看这些干什么？"

她低头，继续回信息，但一边对我说，她其实是个很没节操的人，就算在她有男朋友的时候，她也离不开暧昧，尽管这些暧昧从没上升到肉体层面。我说："慢着，你说从没上升到肉体层面？不可能吧，难道你没试过一夜情？"

她摇了摇头，眼睛依然直勾勾地盯着手机。我继续问："单身的时候呢？"她继续摇头。我笑了笑说："那你比我想象中要有底线，我以为对你来说这些是家常便饭。"

她又说，在她有男朋友的时候，她也不是会随便跟人暧昧的。我心想，这不废话吗？猪都要挑食，何况人。她说，只有当她男朋友一心忙工作，完全没时间陪她的时候，她才会跟别的男人暧昧，但只要男朋友回到她身边，她马上就会跟那些人断掉。我突然同情起那些备胎了。

她跟我说完这些，拿起自己的外套说："送我去DADA吧。"从一桌男生那里经过的时候，我特意让她先走，等她走过去了我再走，我怕他们揩她油。

8

看着她从DADA门口走进去，我才默默地走开。我不想马上回家，我顺着的士来的方向往前走，照着路口的指示牌，十分钟后走到了春风路。国贸和火车站一带是我在罗湖最不熟悉的一个地段。我中学的时候不敢来，因为我知道这里到处充斥着酒精、色情和毒品。有这些东西的地方就有黑社会，有黑社会的地方，就有暴力、欺诈和侮辱。我朋友里最接近黑社会的阿水，充其量也就和一些小喽啰有个点头之交。圆圆说，这一场去的是她初中同学，天知道这些同学里有多少人跟黑社会有牵扯。一个女生单人匹马闯入这样一个世界，她要不是一个女战士，那就只能变成一件战利品。

我在庐山酒店附近收到几个朋友的贺年短信，突然听到后面一阵轰鸣。我回头，看到一百米外的天空绽出了彩色的烟花。我有点失望，那些烟花飞得不高，迸得也不响，光亮和颜色都是下等。我心想，明明只有那么一点火力，为什么一定要马上绽放，不能再积蓄一下？除夕也并不是最美好的时辰。

在我印象中，除夕就是空荡荡的街道和寥寥几个没有体温的路人甲。在父母把网络视为洪水猛兽的年代，有好几年的除夕我都是在网吧度过。高二那年，我在海浪看完《男人四十》，一个人走到红桂路那茂盛的大树下。文艺中年大叔想把叛逆的花季少女引上“正途”，谁知自己压抑多年的心扉和心结都被少女一一打开，电影同时满足了两类人的幻想，但它还是一部好电影。悲伤的是，故事最后，两人连个正式的告别都没有。小女孩狠心得像在报复。

回到家后，我一直在为圆圆担心，就像我们第一次见面那晚一样。我虽然还没有厌倦，但已经对这种相处方式感到不安，除了担心对身体的消耗，我还觉得自己在某个意义上又落入了父母的轮回。我小时候见父亲每天纵酒夜归，母亲为了等他，慢慢把身体熬坏，心里暗暗发誓，长大绝对不能有酗酒的习惯。现在我自己不喝酒，女朋友却是一个酒鬼，如果我们以后生活在一起，恐怕也逃脱不了一人醉酒一人担忧的生活。一想到这个，我又觉得老天在跟我开玩笑了。

我房间的WIFI信号不好，于是我坐在客厅，给自己的大腿盖上一张毛毯，一边看书一边和群里的朋友聊天，不知不觉就睡着了。在梦里，我和圆圆住在一个春暖花开的地方，我离开我的学术江湖，她也离开她的夜蒲江湖，每天我去给大孩子上课，她去给小孩子上课。晚饭一个小时后，我让她靠在我身上，我给她唱歌，讲故事，说一点点理论知识，直到她睡着为止。一到周末，我们把房子打扫干净，迎接前来拜访的朋友。我们喝茶，喝少量的红酒，送茶下酒的是伟哥带来的四川豆花，还有阿郎准备的爆浆鸡排。长假一来，我们两人结伴去旅行。有一年，我们到了西安。

醒来的时候，我发现手机里的《剑桥秦汉史》翻到一百多页，群里已经没有动静了，“西安真是个好地方”。于是我继续看，不到一会儿又睡着了。

这次我梦到的是一片黑暗的森林。圆圆裹着一身兽皮，手持弯弓，肩背箭筒，在森林中疾走。她身后，奔跑着一群带着利爪獠牙的饿狼。她突然一个转身，抽出一支箭，把弓拉到最满。倏忽之间，最前面一匹公狼中箭身亡。其他饿狼趁她射箭的刹那把她团团围了起来。它们怒目圆睁，鬣毛直竖。我数了一下，她筒里的箭根本不足以把它们全部射杀。圆圆一面左右开弓，一面敏捷地避开狼群的攻击，一匹又一匹的公狼应声倒下。但几个回合下来，她累了，开始喘气。狼群的攻势却越来越猛，越来越不要命，它们有的已经能叼住她射出的箭。

圆圆有危险！

我惊醒过来，摸到一旁的手机，看到圆圆说：陈纯，救我！

9

后面是：救命！

救命！

陈纯！

我在福田！

被卖了！

救命！

我的第一反应是她很可能发生危险，但是意识模糊，说不清楚事情。我给她发：你在哪里？发生什么事？等了一分钟，她没回我。

我仔细看了一下那些信息。每两个信息间隔十几分钟，全部信息的时间跨度大概有五十分钟。这说明她从意识到自己情况不妙到发到最后一个信息，都还没遇到什么危险。我怀疑是她给谁带到福田的场子去了，但是她自己并不乐意，所以向我求救。不管怎么样，我现在该做的就是了解情况，然后去接她，或者找人帮忙。

我的手机听筒一直有问题，于是我偷偷从爸妈的房间里拿出我妈的手机打给她。铃声是萧敬腾的《梦一场》，唱了半分钟，没有人接。

我想我现在除了冷静地等她的新消息，没有别的办法。我想起当年嬴莹跟着她的香港老板去应酬，被灌得大醉带回旅馆，所幸她从恐惧中惊醒，挣扎着跑进洗手间，将自己反锁在里面，任由老板在门外又敲又踢。如今最坏的情况，很可能就是这种处境。一想到这儿，我冷汗都出来了。

我又拨通圆圆的电话，这次响了十秒钟，终于有人接了。接电话的人满口脏话，我不太确定她是不是圆圆，因为这时手机被别人拿走也是可能的。我说我是陈纯，对方长“哦”了一声，我才确定是她。我问她知不知道自己在哪儿。她大喊：“知道啊，我在上步码头！”我说：“你怎么会在上步码头？”她又骂了一句：“该死的，刚才换场到皇室派对，里面三十多人我有二十几个不认识。”我说：“二十多个不认识你还坐下？”她说：“我后面喝多了，想回家，一个初中同学的朋友说要送我，结果我一醒来，才发现他把我送回他自己的家了！我说要走，他不让，我就翻脸，扇了他一巴掌，然后从他家跑出来了。”

我问：“现在你在哪儿？要不要我过去接你？”

她说：“我就知道这里是上步码头，但是连一辆的士都看不到。操！早知道穿多件衣服，现在冷死了！”

大年初一，街上没有的士也不奇怪。我本来想出去接她，但转念又想，我昨晚沿着东晓路一直跑都打不到一辆的，现在下去怎么可能打得到。于是我打开手机浏览器，帮她搜搜最近的车站有什么车可以回翠竹，就是那辆我中学常坐的十三路。

我正想让她找找“上步码头”这个站在哪儿，如果她找不到，我就打电话给表妹，我记得表妹住在上步那边。

这时，她发微信给我说，她已经上的士了。

10

她一刻没回到家，我一刻都没办法安心躺下。我攥着自己的手机，靠在床头等天亮，我低头看看时间，正是六点左右。

她回到家后，发了个微信给我说：我想给你打个电话。我说：等五分钟吧。于是把SIM卡换进旧的那部Nokia E66，我知道她不习惯跟陌生号码打电话。

如果我记得没错的话，这是我唯一一次和她煲电话粥。我们谈了近两个小时，前半个小时，我把她初中同学的祖宗十八代都骂了个遍，牵连有点广，这不太像我，一般来说我是对道德责任界定很严格的人。后面一个半小时内容比较复杂，她告诉我她的家庭，她的前一段恋爱，还有最重要的，她对我的感觉。

按照我以前的想象，她的家庭应该是支离破碎、人情冷漠甚至冲突不断的。后面听她一说，差得很远。虽然她父母在她两岁的时候分居，但两人有断断续续地尝试复合，这种尝试一直持续到她后妈带着弟弟闯进他们的生活。甚至她父母最终分开，也不能简单地说是谁的错。她说：“弟弟是后妈和父亲一次醉酒冲动的结晶，父亲事后曾要求后妈服下避孕药，后妈用维生素偷偷换掉了。后妈家里人一直不赞成她留着父亲的骨肉，有几回，他们已经把她送上手术台，她最后还是逃了出来。我甚至觉得，后妈是不是真有用弟弟来破坏他们的家庭的意图也很值得怀疑，因为潮汕家庭注重香火传续，很有可能是老一辈知道了弟弟的存在，才把他们母子接回家的。”

她和母亲的关系要好过一般母女，我听过她和她妈聊过电话，那种亲昵我从没在我和我妈那里感受到过，也从没在我妹和我妈那里感受到过。她父亲在重组家庭后并没有因此忽视过她，她自己都承认父亲对她非常好，甚至比对她弟弟都好，作为潮汕家庭，这样的偏爱实属不易。后来我看到她博客的一篇文章说，她中学出去外面蒲的时候，父亲每晚坐在家楼下，抽着烟等她回来，连她表姐都看不下去了。父亲给她发过一个短信，说：爸爸有对不起你的地方，但这不是你出去放纵的理由。结合她前面说的，这个对不起她的地方，大概就是他和她母亲第一次分开（醉酒冲动这事细节不详，难以辨清对错）。听她这么说完，我更加不清楚她当初第一次放纵自己是为了什么。如果不是家庭的原因，那似乎有可能是因为情伤。

她跟我说，她谈过五次，却只爱过一个人。他们分手了一年多，她一直没有放下他。他是标准宅男，可以无日无夜地DOTA而不感到身心疲倦，但在他们在一起的后半段，他连搭理她一下都感到厌烦无比。她为他屡次想过自杀，跳楼太难看，她就选择割脉，把自己的手腕割出一条一条的伤痕，她问我："你能想象那种刀锋缓缓划开皮肤的感觉吗？就像撕开保鲜袋一样。那种感觉就像醉酒一样让人上瘾。"当然，脑子清楚的朋友一听就知道这不可能是她最初去蒲的理由，因为她高中就养成了出去蒲的习惯，但她和前男友的事是一两年前才发生。

我很快就打断她说："哎，你当我白痴啊，你说的这些，别说理由了，连原因都称不上。按我说，你就是贪玩不知自爱，给损友挑拨一下，就一股脑爱上那种生活，无法自拔。父母啊，男友啊，都是你用来骗纯情男生的借口。”

她听我这么说，并没有生气，只是笑道：“这世上的事，哪有那么多为什么，就像我上一个男友，长得很丑，对我又不好，我爱他爱得死去活来，你问我为什么，我怎么知道？现在你问我为什么当初要放纵，我也不知道。”

我说：“你男友的事倒是有原因可讲，我不早说过了嘛，你就是个死M，你最喜欢唱容祖儿的《痛爱》。”

她说：“我不喜欢唱《痛爱》，我也不是M，如果是，我大概不会喜欢上你了。”

其实在心里，我是默认她的说法的。爱一个人，既没有原因，也没有理由。因为不管原因和理由都是普适的，而爱是独一无二的。如果你爱一个人是因为某个原因，那从因果律来说，当这个原因在另外一个人那里出现，你也一样会爱上那个人。类似的，如果你爱一个人是因为某个理由，那从规范性来说，当这个理由在另外一个人那里呈现，你也应该爱上那个人。爱的独一无二性，是排斥这种普适性的。爱，就是《大话西游》里紫霞说的："只要谁能拔出我的紫青宝剑，谁就是我如意郎君。能拔出紫青宝剑的，全宇宙只有一个人而已。

我心里这么想，也没有说出来，我也不指望她能理解。爱情最美妙的地方，就是两个人从不同的方向走来，最后却走到同一条路上去。可我还是想知道，在世俗意义上，她是为什么喜欢我的，虽然她一早就说过了。

我说："是不是因为我们第一次见面那晚，我对你的悉心照顾？"

她说："我承认那晚我一开始对你挺有好感的，但你后来乱七八糟说了一大堆我听不懂的东西，在K房又对我动手动脚的，还亲我。你觉得我可能在那时喜欢你吗？"我感觉迎面泼来一洗脚盆冷水。

她接着说："那天中午，我一觉醒来，发现微信里你给我讲的故事还没听完，就是那天，我喜欢上你了。"我说："其实就是昨天。"她说："是喔，原来才过了一天。"我笑笑，发现她的声音变轻了。"我以前喊过许多男生给我讲故事，从来没有一个真的讲，只有你，你的故事太伤感，我不敢听完，但它真的把我感动了。"

这样的说法换了以前，我会被气死。我自己引以为傲的把妹功夫被她说得一文不值，却因为对她好把她感动了。按照我的理论，感动还没有生理上的感觉可靠。感动是一种近乎怜悯的感情，有怜悯，所以施舍；而生理上的喜欢是一种缺乏，有缺乏，所以索要；一个人愿意给你，和一个人想要你，这两者天差地别。当然，后来我知道，她说"感动"，纯粹是她表达能力有问题，她在精神上需要我的程度，远远高于一般人生理上的喜欢。

我想我们中间沉默了有十秒钟的时间，她突然对我说："陈纯，我们在一起吧，做我男朋友。"

对于这个邀请，我并不感到十分意外，只是我好久没有经历过这么正式的确立关系的场合，不免有些抽离。

我只说："好。"

她说："你再给我讲个故事，讲完我们就睡。"我说："那换微信吧。"我怕她在电话里听到一半睡着，醒来就听不到了。这是我们在一起后讲的第一个故事，值得留下记录。

11

我不太会讲别人的故事以及太久远的故事。这个故事发生在前年，历时四个月，我一直想把它写下来，找不到理由。我这种狡猾透顶的人，不太想坦白自己被骗的经历，而且骗我的还是一个经常被骗的人。

我出没的社交网站，有一个长年用背影做头像的姑娘，她还有一个文艺气息极浓的名字，叫阿May，让人想起王家卫。2010年七月她加我，我们在网上零星地打过几次交道，她告诉我她在香港读博，家就在环中线上，和我家差五个站。那时全世界都知道她的男友是一个以写段子闻名的男人，我颇有点不屑。事实证明她比我有眼光，这位段子手出身的前男友后来没有投奔售楼先生和铜雀叔叔，而是自己搞了一个微信公共号开始有板有眼地分析一位被低估的领导人。

十月底我去上海开会前，每天晚上在宿舍修改论文，阿May也在美国开会，和我的时差是颠倒的。有一晚她突然找我说，想看我的小说，我把博客地址发给她，一来一往，就这样聊开了。她跟我说她的很多事情，包括她对一个男生多年的恋慕，包括她和段子男的戛然而止，连她尿床被弟弟取笑的事，她也毫不忌讳地告诉我。我开始觉得这个女生很可爱。每次我产生这种想法的时候，不是那个女生遭殃，就是我倒霉。我知道命运是公平的。

在沪期间，我与数位朋友见面，山高水长，自不待言。最让我难忘的，是每天清晨在朦胧中醒来，看到手机QQ里她的那句“Hey”，每天晚上我回到石三家里，听他哼着电视里的戏曲，而我坐在电脑前，跟阿May互探心意。期间圈内发生了一件事情。一位90后意领窃取了一位更高明的女作者文章中的几段话，女作者在网上截文对比，要求意领就此抄袭道歉。圈中众人态度分明，有的力挺好友，有的力陈其非。我和意领没有交情，对抄袭更是深恶痛绝，本来没有什么好犹豫。阿May知道此事，劝我不要火上浇油。她说，他已经很可怜了，你为什么还要骂他呢？这种是非观我完全不能理解。她又说，要是有人这样攻击你，我也会站出来替你说话的。当时我除了感动，还感到压抑。我没有料到，有一天这种只凭感情不讲是非的态度会把我折磨得多么痛苦不堪。

回到广州后，我觉得我和阿May已经可以开始一段关系了。我向她表明这个想法，她的反应异常冷淡，她说她还没有忘记段子男，现在的我们是不可能开始的。她连一句安抚的话都没有说。

一般来说，这个时候我会给自己找个台阶下，然后渐渐抽离。我也有别的办法报复：在不存希望的情况下，我和任何女人的博弈最终都以对方认输告终，因为我可以为了面子不惜绝交，而女人一般做不到这么绝情。当然，我也碰到过少数几个比我更绝情的，比如我的初恋女友。

我没打算在她身上耍这种手段，因为我曾经说过要对她完全真实，不用任何心计，简单来说，就是答应她自废武功。这真是再傻也没有了。去年二月在杭州，我和一位王姓姑娘睡在一间房里，有一大半时间都在讨论这个问题。她坚持认为，即使对方是个混蛋，有过不堪的历史，一旦决定了爱他，就不应该存半点心计。我说，你真是连伤疤都没好就忘了疼，你不记得你男友是怎么对你的？我也是，每次动心都不留什么心眼，怕亵渎爱情，最后就是悲剧连连。她讲不过我，只是一直说，你怎么忍心？

是的，我不忍心。和阿May几番讨价还价，总算说定条件：我等她放下男友，在此期间，我不逼她和我在一起，但她也不能接受别的男人的追求；一旦她喜欢上其他人，或者发现我们没有继续发展的可能，一定要第一时间知会我。我还是天真了，一个没有是非观的人，怎么会有“遵守诺言”的意识？后来我们吵架，她把这些全部推得干干净净。我不仅要吃段子男的醋，还要担心她几个莫名其妙的追求者，后来发现被坑，却已骑虎难下了。

在追求她的那四个月里，有一段时间我每隔两天给她写一封情书，没有一封是敷衍。她第二天会回信给我，通常是两三句话，她说自己的中文水平只有这样。我去过她五和的家，在一栋栋复式公寓里众里寻她千百度，用月光做媒，用微风做诗，我对每一个可能见过她的路人都报以微笑。她在社交网站上招惹了是非，我第一个站出来给她挡枪，替她回击，十一月末一伙小圈子攻击她被人包养，我发日志把他们骂得狗血喷头，火力过猛，间接得罪了不少圈中好友。去年年中其中一位来找我，笑问，你那时怎么会那么有攻击性，完全不像你？我也笑笑说，就是，完全不像我。

其实这个就是我，真正喜欢人的时候，不分青红皂白，什么都是她对。我和阿May的事连番狗血，先是我为了气她，跟圈内另一个姑娘在一起了。后是我和姑娘分手，她半夜打电话给我，说自己痛苦到极点。我重新追求她之后，她在春节前后放了我四次飞机。最后一次我在上海，正打算去苏州找她，她突然又说不去了。那时我住在木匠家，每天失魂落魄地出去，失魂落魄地回来，亏得王姑娘照顾了我几天，我的心情总算有所平复。回广州后，我在微信里跟她摊牌，叫她一辈子不要再找我。不知道她是为了报复还是让我释怀，她把自己几张没有经过处理的正面照发了给我。我惊呆了。我给骏扬看，他也看傻了。

事实是这样：虽然我看过她在网上几张正面照，但是每张处理痕迹都十分明显，我甚至觉得每一张拍的都不是同一个人。我和她虽然住在同一条地铁线上，但是她每次回来都不见我，我曾经有几次提出去香港找她，她也拒绝了。这样，我们两人处于发展状态，却从来没见过。我心里想的是，我那么喜欢她，即使她并不如我想象中漂亮，我也可以接受。但要说完全不介意长相，那是不可能的。事实上，我们后面的一系列争吵就是我想见而她不想见所导致。圈中有几个朋友都去香港找过她，她欣然接待。每次我发现了，就找她吵，我说，我找你你就说忙，别人见你你就有空，你当我白痴啊？她淡定地说，真的忙。我一听青筋都胀到耳朵上。

她最后发的照片，差点没把我的眼给刺瞎。骏扬看完说，女生化个妆去拍照，我能理解；拍照时找个好点的角度，我也能理解；拍完用PS修一修，我还是能理解；但是她把自己从两三分修到七八分，我就怎么都不能理解啊！我说，这真不能怪我，我一直以来从没怀疑过她，因为她真的是以照片中的美貌程度来看待自己的，她连一点心虚都没有。

后来的事情，可以想象了。我把她的所有联系方式都删了，她变着法子找我，我高兴时和她说几句，不高兴时又把她拉黑。一般过了一两个月，她又会找我。

有一次我问她说，你为什么就这么……（那个字我没说出来）。以前我那么喜欢你的时候，你对我爱理不理，现在我对你这么差，你却热脸贴冷屁股。她淡淡地说，因为你那时对我太好了，我害怕。

我一口气讲完，想圆圆应该睡着了，就心安理得地打了个晚安，谁知她一直都在。

她发信息说：陈纯，你真肤浅。

12

对于圆圆这样一个头脑简单的人来说，她把这件事解读成一件纯粹见光死的闹剧我一点也不感到奇怪。后来证明，在我如何看待她的反应上，我也没聪明到哪里去。这个世上最恨外协的，除了一直被他们伤害的人，还包括一直被他们捧杀的人。我大学的同学仙哥，就非常讨厌别人说他帅，他非常清楚我在提到他时说的那句“仙哥除了帅之外我没有好说的”是什么意思。一个转身，我就对鑫鑫说：“你看，仙哥够帅了吧，你比他更帅。”帅哥美女被人夸会觉得没有安全感，原因就在这里。

第二天我迫不及待跟我最要好的朋友说我脱单了。他们最初的反应很热烈，一看到她的照片，再听说她的情况，马上就冷淡下来。欢欢问，所以她的关键词就是漂亮吗？我一时无言以对。心怡说，你就是喜欢她的样子，虽然这样也没什么不好的。

就像开头所说的，我很难向他们解释，我是为什么会喜欢上她。但是要是我跟他们说，即使她长得不漂亮，我也依然会喜欢她上，那明显是吹牛。于是我搬出那个官方的说法：我喜欢漂亮的女神经病，漂亮和神经病，缺一不可。这样他们就明白了。该死的，跟正常人真的没办法沟通哇。

后来他们不执着她的“漂亮”，开始盯上她的“神经病”。她爱夜蒲，确实跟她的神经病有关没错。我前面说了，跟病人不要太计较，所以她蒲到那么晚还要我哄她睡觉，我一点也不介意。朋友们都为我好，劝我说她不适合我。只有骏扬和雯雯才明白这么一个女神经病的出现对于我的意义。

全世界都以为我适合找一个温柔贤惠又知书达理的女人，因为我脾气暴躁，自理能力不强，还很注重精神层面的东西。这些都没错，不过，除了李茜，我还真没怎么遇到过这样的女人。要知道，能被我认定为“知书达理”是多少不容易。在深圳这种地方，那更不能奢望。

对我来说，反正真正适合的肯定找不到，那在不适合的里面，我为什么不挑一个自己喜欢的？当然，有一点对我来说确实够呛。我倒不觉得哄她睡觉到五六点是件苦差事，不过从审慎理性来说，这样确实对身体不好，我春节过后特意称了一下，果然瘦了几斤，半年辛苦养膘化成泡影。她跟我说，她前前个男友和她在一起一年，一年里坚持不懈每晚都等她蒲完回到家再睡觉。我问：“那你们后来怎么分了呢？”她说后来她喜欢上上一个男友。

“就是那个宅男？”

“其实前一个也是宅男。”

“就是那个DOTA宅男？”

“是啊。”

“为什么？”

“我不是跟你说了，没为什么。还有，你别看不起人家，你也一样是宅男。”

当时我心里想的是，对她这么好的最后都被甩了，看来光对她好是完全不行。我非常仰慕那个身份不明的DOTA哥，虽然他留给我的印象只有她描述的一个背影，但他用的招数明显就是我之前拼命提醒女生提防的精神虐待法。这招最完整的用法叫“胡萝卜加大棒”，一般用来驯服野兽，不过对女人使用也有奇效。看来圆圆是纯M，几乎一点胡萝卜也不需要。

问题是，我好像也是个犯贱的人，一旦一个女生变得可以掌握，我就会慢慢不喜欢她。我有过好几次追到女生以后突然感到索然寡味的经历。这可以解释为什么我每次真正喜欢上人都是悲剧，因为如果她们不能让我悲剧，那最后悲剧的往往是她们。所以其实女神经病，只是“难以捉摸”的一个专业统称。

我大概意识到我和她的感情要怎么进展才能不以悲剧收场：我必须在我悲剧之前，或她悲剧之前，让这段关系维持一段足够长的时间，以创造出足够美好丰富的回忆，将激情转化为感情。我在写给阿May的情书里屡次提到，回忆比激情更可靠。有了足够的回忆，有没有激情，就不太重要了。对于初次有此打算的我来说，这真是一条凶险的修罗道。

13

我第一次见圆圆的时候，她从喜荟城三楼远远地走来，一身黑色的紧身衣，脚步带着点懒散和厌倦。她走近我，连招呼都没有打，就径直靠在扶手上。我的笑容僵硬了两秒钟，也随她一起靠在扶手上，要不是因为我是个对道德责任界定很严格的人，那一刻我真想把她扔下去。

沉默了一会儿，她嘟着嘴说：“你刚才为什么不下去找我？”声音有点沙哑，一听就知道是被烟酒熏坏了喉咙。

我有点不知所措，说：“我在这拿位嘛。”她说：“你拿完位也可以去找我啊！”然后回头瞥了黄记煌一眼，说：“我根本就不喜欢吃这个。”后来证明她是说谎，她一进店里就活蹦乱跳，又要吃黑鱼又要吃扯面，全部算下来，吃得比我还多。

我低头看了一下手中的排队号，前面还有四个人，说：“那要不吃别的，你想吃什么，我们现在就去。”她白了一眼说：“不用了，吃什么都一样，我现在没有胃口。”

我望了一圈，心想这喜荟城也没什么好吃的，正在踌躇中，她指着楼下的电影院说：“要不去看看电影吧。”我心想，饭都没吃就看电影，这妞真不是一般的胡闹。但主随客便，实在不好意思否决，就帮她把包拿过来拎着，陪着她下扶梯。

自从阿May那件事后，我已经很难再相信女生网上的照片。这两年我去北京、上海、南京、杭州各处游玩访学，顺带见了不少女网友，有好多次见完都要背过脸去偷偷抹泪，庆幸自己当初没有因为色迷心窍，在网上挑逗她们。女生看到这段文字一定骂我贱人，但真的不止我一个人这样。我在北京的时候，每次出门去见女生，万谦就问我，预期几分？回来的时候，他又问我，真实几分？他跟我一起去见圈内的女生，见到后居然当着姑娘的面把人家的分数发到我们的微信群里。如此贱人，据说已经是我们圈里最正经的男人。

我那天出门也没有抱着多大的希望，就是找个人陪我去吃垂涎已久的黄记煌，她网上的照片漂亮得有点不真实，我想过，只要有那三成漂亮我就不吐槽了。我陪她下扶梯的时候，终于看清楚她的样子。我看到她高高的鼻梁，长长的睫毛，弯弯的嘴角，睫毛明显用了睫毛膏，但是鼻梁是纯天然的，中间微微地拱起，嘴角的弧度也深得我心。老实说，我觉得她比照片上还要好看，尽管她那时来大姨妈，一直在强调自己憔悴不堪。望着她的脸蛋，我脑海里除了浮现《卫风》里“肤如凝脂”那句，居然还播起了汤唯和李心洁的SK-Ⅱ广告，“滑嘟嘟，有弹性”，“白净，又有光泽”，可见我已经被消费主义荼毒甚深，难怪经常跟施派起冲突。当然，她最好看的，要数她的眼眶，她的眼眶，是当年井上雄彦用来画赤木晴子的线条，我记得自己学了好多年，一直没有学会，我愿意为了它们忘记灵莎和Jessica Alba的黑色眼眶。

我也看清楚了她的身材，她的身材是那种长期练舞或做瑜伽的女生才会有的身材，跟当年的嬴莹和林同学一样。小曼大二的时候身材也是这样，后来她大四再来找我，整个人瘦得让人心疼。每次我看到这种身材的女生走过，心里都分外哀伤，我想我要不是选择了哲学这种饿死老婆的行当，当初也可以有一个这样身材的女朋友。

一见到圆圆的时候，我脑子里各种肤浅的想法全部涌了上来。对，我理想中的女人，长得就是她这样的。但我拼命敲自己的头，要自己清醒。面前这个女生，我们吃完这顿饭就不会再联系了。和经天纬地的政治哲学相比，人间色相又算得了什么？

要说我对她没有非分之想，那是不可能的。从黄记煌出来她要我扶着她，我已经感到十分为难。后来在反斗乐园看着她在我面前活动肢体，身体的曲线灵活地伸展，我觉得我快要七窍流血而死，于是忍不住从后面抱住她。练过舞蹈的女生一般肌肉健硕，我想我这一抱，立马就能让自己清醒过来。谁知她的身子，软得像刚摘下来的棉花一样，当我前身贴着她后背，再听到她嗲声嗲气地对我说那句“你为什么要抱我呀”，我就觉得自己的人格同一性已经发生了转换，说的做的，自己都做不了主了。所谓的“精虫上脑”，说的就是这种状态。

其实我很不喜欢自己处于这种状态，因为我觉得让男人精虫上脑，是女人操纵男人的一种手段。我清楚地记得有一次和一个正在发展的女生出去，整个过程她一直在暗示她愿意和我发生关系，但一定要把她哄高兴了才行。我才说了两句，就忍受不了自己为了纵欲而出卖人格的行为，最后坐上一辆公车逃了。我牵着圆圆的手，想起这段经历，手脚不受控制，心里却对她恨得咬牙切齿。

我对她的兴趣很快就发生了改变。第二次和她出去，在她叔叔家门口见到她，我已经对她一点欲望也没有了。初一晚上她没有出去玩，和我聊微信聊到半夜，突然问我：“你有没想着我什么过？”我马上就意会，说：“有啊。不过最近好像没什么性趣了。”她说：“真的吗？”然后跟我玩起了色情电话。我怕她不爽，只好装出受不了的样子，其实我什么感觉也没有。初四她在我家待了一天，我一直抱着她睡，甚至都没有想过要去非礼她。她后来问我："你有没后悔在你家的时候没碰我？"我说："不后悔，真正喜欢一个人的时候，上不上她真是个次要的问题。"

所以，当她初一晚上跟我说，她觉得我像她情人，而不像她男朋友的时候，我就一头雾水了。从喜欢上她以来一直萦绕在心中的不祥预感，终于喷薄而出了。

14

初二初三她回汕尾，去奶奶家逗利是，顺便疯玩一把。我对除夕晚上的事情心有余悸，知道就算她父亲在那边也未必管得了她，所以一直提醒她小心，如果没有相熟的朋友在，绝对不能喝多。

初三我约了群里的朋友在中心书城见面，讨论年后的学习活动，Lily也想和我谈一下她弟弟的事。下午吃完饭后，大家在二楼一家茶馆坐下，谈兴正浓。这时，我看到她的微信朋友圈更新，她发了一张戴着紫色眼镜的照片，脸色比我第一次见她要更憔悴，下面写着：进入2013年后一直很不开心，一直被伤、被伤。

对于生性敏感的我来说，这种话意味着什么，我十分清楚。在我们认识的这几天，她对我说过花样翻新的“我喜欢你”、我想你”、“我离不开你”。这种话要是放在我情窦初开的中学时代，我会听得乐开了花，就算放在我喜欢嬴莹的大三，我也会感到幸福无比。因为不管是中学时代的姑娘，还是性格倔强的嬴莹，都不会轻易说这样的话。圆圆说过，她在这方面是个很没有节操的人，她喜欢挑逗男生喜欢上她，纯粹是为了好玩。我相信她对我说那些话的时候并没有在说谎，但是要我对它们寄予更大的期望，也不太可能。看一个女人的感情，不能看她说的话，要看她的眼睛，还有她和你在一起的时候所散发出来的心情。在这之前，圆圆从来没正视过我的眼睛，她跟我在一起的开心，也只停留在心情的表面。此刻我就算再喜欢她，也不会天真到认为她的心已经全部给了我。她的心，至少很大部分还在另一个男人那里。

有时候看得太透也不是什么好事，这个下午我过得有点抑郁，几次三番插不进话题。这个群让人感到温暖，就在前一天，我跟他们说我和圆圆的事，阿猫对我说："博士，你大胆去爱吧，大不了到时大哭一场，我们的肩膀随时准备借给你。"这话听起来虽然不太吉利，但却符合我对恋爱形势的判断。在大部分人看来，甚至在那时的我看来，我和圆圆，不是会不会分手的问题，而是什么时候会分手的问题。所以群里后来很没有节操地就我和她分手的日期打起赌，我也生不起气来。我想起加缪在《西绪福斯的神话》里传达给我的：真正的勇气，是在认清生活的全部真相后，依然热爱生活。就算我知道面前推上山的那块石头总有一天会滚下山，我也一往无前，绝不退缩。

四点的时候，我收到她的微信：来不来汕尾，现在。

我知道她在那边很不开心，我也知道我过去了，未必对她有多少帮助，但是她现在需要我，我没什么好说的。我告诉在场的朋友，顺便借阿郎的电话询问福田汽车站、皇岗汽车站、罗湖汽车站还有东湖汽车站去汕尾和海丰的班车，最后打算先去东湖，如果没有，再去罗湖。

Lily有事要我和一起先走。我们走进地铁后，圆圆打了个电话给我，我用Lily手机打回给她。电话里，她一直在犹豫不决，她问我要去汕尾还是海丰，我说："看你啊，你在哪我就去哪。"她说自己现在在汕尾，但是一会儿可能要去海丰，如果去海丰的话，她可能晚上就回深圳，如果留在汕尾的话，等我去的这段时间她就不知道怎么打发了。

我说："那你回深圳吧。"

"可是我今晚很想看海。"

"深圳也有海啊。"

"深圳那叫什么破海，丑得要死。"

"那我去汕尾陪你看海吧。"

"你明天怎么回来？"

“坐车啊。”

“那你就得一个人回来了喔，因为我坐我叔叔的车。”

“一个人就一个人呗。”

她最后沉吟了一下，说：“我还是回深圳吧，你想好节目等我。”

挂了电话，我看Lily在替我捏一把汗，只能无奈地摇摇头。我想起今晚在喜荟城有一年一度的初中同学聚会，刚好有几个小时的空当，于是在龙岗线的水贝向Lily告别。后来我发现自己真的白痴，从水贝走到喜荟城，走了近半个小时，如果在田贝下，起码可以省十五分钟。

三位初中同学里，徐帆和阿呆，都是我早就认定为一辈子的好朋友。徐帆大概是初中班上唯一一个看得出我有过人之处的同学，他住在布心的时候，我就去他家做过好几次客。他父亲是语文老师，很喜欢我，前年十一月徐帆结婚后我登门拜访，他还送了自己的诗集给我，年后同学聚会，我让徐帆把我大一出的《凤凰诗集》转赠给他。徐老先生做过红卫兵，对毛主席抱着极深的感情，徐帆受父亲影响，一直到大学的时候还把自己的博客叫作“苏维埃”。可在婚礼上，他抱着我痛哭说，他一直有看我网上写的和转的文章，了解的现实越多，他越迷惘，我是专门做政治哲学的，请我一定要给他指出一条精神上的出路。

我不知道这次他见到我有没感到失望，一年下来，我的入世习气重得可以熏倒一个学术小清新。那次见面，我跟他大谈罗尔斯和施米特，他听得似懂非懂，却非常佩服，他说我是唯一一个到现在还坚持梦想的人，他就做不到。我记得他喜欢写诗，大学时他还把一首多番琢磨的讽世诗发给我看，我鼓励他继续写下去，但是不要忘了正事。我到现在还是那个观点，事业的理想和爱情的理想，难以兼得。他选择了老婆孩子热炕头，就不要再奢望做一个伟大的诗人。我也一样，如果在世俗之路越走越远，大概就不会再奢望去做什么哲学家。再说我认识的最有天赋的几个师弟师妹都要放弃哲学，我又有什么脸面坚持？这个世界或许有别的用得上我的地方。

我还是多虑了，这一顿，吃得酣畅淋漓。饭后徐帆邀请我和阿呆去百仕达二期，去他老婆的家里小坐。我们欣然应允。

这套寓所我没有来过，我不太明白他为什么一定要坚持说是他老婆的家，虽然这是他岳父岳母出钱给女儿买的嫁妆。徐帆从中学时就是一个正直的人，立场端正，小便宜不贪。我想他大概是不想在嘴巴上占他老婆便宜，不过夫妻一场，何必如此计较。我们在一百多平方米的房子里绕了几圈，我一拍大腿说："操，这不就是我们当初梦寐以求的Party house吗？找个时间，买上一箱啤酒，带上好吃的，通宵看球看电影啊！"他兴奋地说："干吗要找时间，现在就可以。"于是打开冰箱，里面满满的金威啤酒，然后说："零食房间里多得是，一会儿饿了还可以叫外卖，醉倒了，里面两间客房，随便睡！今晚我老婆回娘家了。"我和阿呆听得跃跃欲试，可是我微信响了。圆圆说她快到了，让我下来。新港鸿就在百仕达二期对面。

15

半路收到她的微信，说她叔叔把她直接载回田贝了，我说没事，我知道怎么走。他们两家人的距离，也就是半条太安路而已。

我在化工大酒店门口站了十分钟，又在田贝站C出口站了十分钟。深圳这些天阴晴不定，冷暖难测，今晚冷得有点猝不及防。我捂紧那件米黄色西装的下摆，把AUSTIN REED的青黑格围巾系得更贴近脖子，这个造型接近我最有范的样子。后来我才知道，这在人家眼里就是民工Look。我一会儿要去的场面，心理素质差点的都会想找个地缝钻进去。

她在另一边的翠竹路段等我。我拐过街角，看到她又远远地站在那里，头微侧着，就像除夕晚她站在心安路的另一头一样，只是背景略嫌清冷。

她在我没走近的时候已经向一部的士招手，看得出她的不耐烦。我们一上车她就问我：“跟不跟我一起去酒吧？”

我说：“你不是从来不带男朋友去酒吧吗？”她说：“是的，所以你今晚不能说是我男朋友，也不能限制我的活动，如果你做不到，我就不让你去了。”我说：“好。”但后来我食言了。这不太像我，我向来是对这种康德式道德义务看得非常重的人。

坐定以后，她又靠在我身上，但这次她不太安静，车开了没多久，她就把脸凑过来说：“来，打我几下。”我说：“你疯了吧。”她说：“你打呀。”我象征性地拍了她几下脸，就是那种叫人清醒时拍的力度。然后，她又把手臂伸给我，说：“咬我，最好咬到擦不掉牙印。”我说：“就算你要学赵敏和张无忌也应该是你咬我呀。”她说：“你别废话，到底咬不咬？”我还真咬了，只是牙印第二天就消失。没有去腐消肌膏，就不要学人装刻骨铭手。

我知道她今天很不开心，但是不知道是什么原因。我一开始想的是说不定她在汕尾那边和家人发生什么不愉快，尤其是和她的后妈。不管什么都好，我今晚的任务就是陪着她，一直到把她送到安全的地方为止。

她在老街的路口顺便把她的朋友接了上来，这是和她同宿舍的姑娘，叫Kelly，我有好几次在圆圆的微信相册里见到她。Kelly一上车，她们就在商量今晚的住宿，还有明早去广州的事。根据我听到的内容，圆圆今晚要睡Kelly家里，明天一大早两人去广州。所以我打算在福田那边找个朋友蹭一晚，明早再回家。我第一个想到毛毛，而且有可能收留我的只有他了。一个微信过来，很不巧，今晚他父母亲戚都在。于是我沉浸在要一个人坐车回家的忧伤之中，一路上没有和这两个漂亮的姑娘多说一句话。

我今晚愿意跟她来，除了想陪着她保护她，还想看看她夜生活的环境是什么样的。根据她的描述她的经历给我的想象，那应该是险象环生的。每天晚上在灯光迷离、乐声鼎沸的酒吧，她可能要面对一大群不认识的男人，每一个男人都想从她身上占便宜，于是拼命地灌她酒。她虽然聪明酒量又好，但是来酒不拒，总是容易出危险，除夕晚上就差点被人给卖了。今晚有我护着，从策略上说，那些男人应该会优先把我放倒，再集中火力向她进攻。我就是抱着这样深入龙潭虎穴的心态走入购物公园后面的乐巢。其实它就在我学Salsa的OLIVE酒吧旁边。

我们在乐巢见的是Kelly的高中同学和他发小。他们早早地把台订好，芝华士、绿茶、冰块、果盘也一并摆好。我以为后面还有什么大人物要来，于是先在场子里转悠，熟悉一下环境。其实那张台那么小，哪里还挤得下什么人。圆圆和Kelly安顿下来后一直跟两个男生喝酒玩骰子。我总觉得还有事情要发生，于是游戏也不怎么玩，酒也不怎么喝，一直背对他们站着，看台上的DJ拼命地搓碟。那梳着猫王头的发小大概觉得我有病，一直用异样的眼光看着我。我观察了四下的桌子，发现所有男人的打扮都和发小差不多，所有女人的打扮都和Kelly差不多，所有的男人女人都在喝酒，玩大话骰，最多就是在猜一种奇怪的拳。他们顺着音乐的节奏摆出几个姿势，最后出拳，输的喝酒。我当时心想，这跟石头剪子布有什么区别？旁边那桌的胖子，长得像我小学同学赵超，每次摆姿势都稀奇古怪，看得我很想用桌上的芝华士抡死他。

我站在那里差不多一个小时，也没看到什么大人物来，更加没见到什么惊心动魄的场面，开片（打架）的没有，下药的没有，连舞池中间都是摆满了桌子，根本就没办法跳舞。圆圆和他们三个依然在喝酒、玩大话骰。我顿时觉得无聊至极，于是跑出乐巢，到隔壁的LAX跳舞。一会儿收到圆圆的信息，我告诉她我在自娱自乐，让她不用来找我。

半个小时后回到乐巢，他们已经打算走了。这时我大概知道四眼高中同学和猫王头发小的品性了，这就是两个老衬（傻帽），闲极无聊只能请女人喝酒来打发时间。圆圆的初中同学恰好在LAX开了一桌，她请大家一起过去，但发小说自己明天还有相亲，Kelly说自己老爸打电话催她回家，高中同学说他跟着发小。于是他们三人就这样走了，我跟圆圆转入第二场。

有了上一场的经验，我自觉应付这种场面绰绰有余。这一场几个男生，除了圆圆的高中同学，还有一个白衬衫、古铜色皮肤的帅哥，叫波仔，一个黑外套、寸头圆脸的警察，叫阿文，一个红色格子衬衫的眼镜哥哥，是这里的DJ，还有一个一身黑，皮肤也黑，长得像马来西亚人，是乐巢的酒保，叫阿赖。波仔旁边坐着一个短发的四眼妹，后来散场前才知道，是他前女友，在政府部门做财务工作。这四个男人，全部对圆圆有非分之想，因为她喝醉后的短信微信都是我帮她看的（她默许），他们在散场后依然抱着相逢一炮泯恩仇的念头。

后来我才知道，往往这些对我笑脸相迎、举杯敬酒的，才是最危险的。我在乐巢一个人左顾右盼、看DJ胡乱搓碟没有人理我。在这里，我刚坐下，他们就给我倒酒，还找借口让我干了一杯又一杯。我最开始的分析确实没错，如果他们要硬来，除非把我和圆圆一起放倒，否则没有办法。当然，他们也可以来软的，比如制造一种暧昧的氛围，再把被盯上的女生和其中一个男生撮合在一起，这样顺理成章地，不管女生喝没喝醉，最后送她回去的重任都将落在那个男生的身上。这是团体战，适合用来对付有我这种碍手碍脚的家伙出现的场合。我这么说好像有点阴谋论的意思，其实小屁孩的心思，一眼就可以看出来，哪里称得上什么阴谋。

如果这是一场团体赛，那圆圆就算不是猪一样的队友，也肯定不是一个合格的搭档。比方说，刚坐下没多久，她就四处卖萌撒娇，还稚气十足地在空中划了两个圈，指代自己的名字，她这样没节操的举动，要别人遏制住自己体内的荷尔蒙反应，不起坏心思，未免有点强人所难；还有中场，DJ哥哥端来十几杯Tequila，她明明记得自己曾经被这种烈性饮料折磨得肠胃出血、呕吐连连，却依然面不改色地灌下两杯，Tequila直接导致她后面喝也喝不了，吐也吐不出，酒量大失水准；临近完场，她居然对几个男人制造出来的她和阿文的暧昧气息懵然不觉，还与他互相搀扶去了洗手间，最后我要送她回去，连波仔的女友都觉得我颇不识趣。除了这些，她还一直不听我劝，绿茶芝华士一杯加一杯，杯杯一饮而尽，虽然我们最后有惊无险，但是回想整个过程，只能算捡回点彩头，运气好。

大话骰的规则，往细说了我也不太懂。因为夜店太吵，他们为了避免用嘴巴说话，发明了一整套手势，比如竖起大拇指，还有割喉。DJ哥哥后来不卷入战斗，只剩另外三个。三打二其实很容易，像我这样的门外汉和圆圆这样的冒失鬼在一队是赢不了他们的，但只要他们其中一人和我们分在一队，那他就可以对另外两个放水。我后来算了一下，大半瓶芝华士，我和圆圆加起来喝了三分之二。

我也有过辉煌的战绩，刚上场的时候，我和波仔对决，连杀他六盘。后面他的气势上来，和阿赖两人一连胜了我们十几轮。我终于看出来了，阿文就是那个放水的人，他们让他和我们两个一队，就是要把他和圆圆凑在一起。

在这一场我也不是一无所获。圆圆喝酒不上脸，而是会显得脸色更白，她半醉不醉的状态，有更多的笑容。我坐在那里穷极无聊的时候，她从阿文身后偷偷转过身来，带着朦胧的微笑，指着自己的脸蛋，说："亲一下。"我亲完，她双手紧紧地捂住自己的脸，轻声说："脸红了。"然后回过头去。

我觉得那一刻，让我为她死了也愿意。

中间我扶她去洗手间，她在洗手间里差点摔跤，出来又开始胡说八道。她指着一个走入男厕的男生，狠狠地说："这么丑学人来什么酒吧！"我赶紧捂住她的嘴，她支支吾吾地说："你放开，我说的是事实。"我说："这里最丑是我了，我都敢来，人家凭什么不能来？"她呵呵地指着我的脸笑道："我觉得挺好看的。"我心想，果然喝多了，于是要拉她回去。她不回，赖坐在女厕的门口不肯走。一个黑人经过，吓了一跳，我记得他在LAX里和两个洋妞跳过贴身舞，于是用英文跟他闲聊了几句。在这种场合，用英文聊天更让人有安全感。

末了，他让我照顾好她。我跟他挥手，回头把圆圆抬了起来。圆圆傻笑着问："你跟他说了些什么？"我说："我告诉他，你真是不让人省心的小孩。"

最后一轮，绿茶只剩一瓶，酒却还有三分之一，于是我们兑了最浓的几杯酒。毫无意外，波仔和阿赖又赢了。阿文扶起圆圆，说他们要去一趟洗手间，让我先顶着。圆圆这时也没什么意识，完全不记得自己十几分钟前才去过一次。我看着这三杯酒，先仰头喝了一杯，后来想圆圆这状态也不能再喝了，又把她那杯给喝了。阿赖半开玩笑说：“把剩下一杯也喝了呗。”于是我一饮而尽。这三杯酒让我未来一个星期的肠胃颇为受罪。

我抹了一下嘴巴，说：“走吧。”拎起自己和圆圆的包，还有她的外套。

波仔和阿赖也去了洗手间，剩下我和波仔的前女友站在那里。我用英文和她聊了几句，最后她问：“你一会儿怎么办？”我说：“我送那个女生回家。”她笑着说：“你还是让那个男生送吧，刚才的情况你也看到了。”

我说：“她是我女朋友。”

她大吃一惊说：“你确定？”

我说：“确定。”

她指着洗手间的方向说：“你不介意？”

我说：“不介意。”

一会儿他们四个人也回来了。我知道这里还有一场仗。我上前拉过圆圆的胳膊，对阿文说：“我送她回家吧。”他说：“还是我来吧”，语气坚定，不容商量。我拍拍他的肩膀说：“不好意思，她是我女朋友。”他显示出吃惊的表情。我趁着这空当，把圆圆整个抱了过来，但是阿文还按着她的肩膀。

他指着她说：“她这个样子……”

我说：“我知道她爱玩，我不介意，因为我真的喜欢她。”

他按在圆圆肩膀的手有点松动，我打开最近的一辆的士的后门，想把她先扶进去。谁知这时圆圆醒了，她指着另一辆不需要燃油费的的士说：“我要坐那辆！”阿文一听，赶紧从后面上来，一把抱住她说：“今晚我送你回去好不好？”我站在那里，心想，如果她真的要跟他走，那我也无话可说。谁知她一把推开他说："我不要，我家住在布心，我要回布心。"我又上前去把圆圆接过来，对阿文说："真不好意思，我们要走了。"后面波仔走上来，也有点想送的样子。我赶紧把圆圆扔进后座，自己跟着坐了进去。车门啪地关上，我从车窗里，学着波仔胜利时的表情，撇撇嘴，晃晃手，拉长声音说："拜——拜——"

圆圆倒在另一个车窗边，嘴里还呢喃道，我要回布心。

其实住在布心的，是我。

16

的士一走上滨河大道，圆圆放在我口袋的手机就响了。我一看，是阿文，于是递给靠在车窗边的她。

夜深人静，iPhone的音量让人听得特别清楚。

阿文问："你现在感觉怎么样？我过去找你好不好？"

圆圆带着醉腔说：“我在回布心的路上，你不用担心啦。今晚和你玩得很高兴，改天再一起出来吧。拜拜！”我心想，这小姑娘是经历过多少类似的情景才能把这些客套话说得如此不经大脑却依然滴水不漏啊。

电话挂了，她又把手机塞给我。过了一会儿，我看到阿文发来信息说：有事马上打给我！我觉得他输得很不甘心。

我心里一点胜利的快感也没有。我想起圆圆和阿文互相搀扶着去洗手间的背影，还有阿文从她背后抱住她时果断的神情。从我的经验来看，我很难相信他们两个在离开的这段期间什么事都没有发生。阿文此刻大概在懊悔，在像我一样仔细回顾着我们对战的整个过程，他甚至在认真检讨自己哪个环节出了问题，就像作为警察，他会去检讨自己哪个办案环节做得不好，使得罪犯依旧逍遥法外。他打电话来，苦苦哀求裁判让比赛重新进行。在他满以为胜券在握，满以为他的猪朋狗友已经把我围殴至死的时候，我在他面前坦然出现，给了他重重的一拳，他白胖的圆脸开始变形，到了嘴里的圆圆又吐了出来。这个满脑精虫的家伙，哪里体会得到真正喜欢一个人时的坚决和勇气。

圆圆靠在车窗上的头突然抬起来，四处张望，然后大喊了一声：“我要撒尿！”我摸摸她的脸，说：“乖，很快就到了，一会儿再撒尿好不好。”她醉声醉气地喊：“我不要，我现在就要撒尿！”我只好对司机说：“师傅，能不能找个有绿化道的地方停一下？你懂的。”司机意会地笑一下。

我扶着她下车后，忍不住在离她不远的地方也方便了一把。我的心情从悲壮转为滑稽，我觉得我们是史上最猥琐的一对情侣，才刚逃出生天就又丑态百出。

上车后我一个劲地跟司机道歉，然后从前座的后面里抽出一个塑料袋。去年二月在杭州，王倩茹在K房被陈轩放倒，在的士上吐了我一身。那个情景和味道，我至今还忘不掉。我今晚实在不想带着一身的秽物把圆圆领进我的家里。

刚上的士的时候我就对司机说去翠竹，圆圆马上反对，她说自己家里没人，她害怕，她要去布心。本来我以为她对阿文说自己家住布心只是不想让他知道自己住在哪里，现在听她这么一说，我突然很感动，于是把自己的地址报给了司机，同时我开始怀疑，她的醉只是肉体上的，她的意识也许非常清醒。

到了我家楼下，我打开的士门下车，然后拉她出来。她一着地，身体开始摇晃，我扶着她，不知道她的重心在哪儿，一个趔趄，两人一屁股顿在地上。

我往后挪了一下，靠上了一辆私家车，然后把她稍稍抱起，紧紧搂在怀里。初四凌晨的空气并不特别冷，山上的水泥地路面也并不特别粗糙，我望着圆圆渐渐熟睡的脸，不忍心吵醒她，于是仰起头看看天，我想起自己已经好多年没有看过天了。天上一颗星星也看不到，只有几缕像流烟一样的云。我再也不懂怎么从云蒸霞蔚中提炼感情了。

圆圆的嘴巴里发出一点声音，我低头问她：“你累不累，我们就在这里坐着好不好？”她闭着眼睛呢喃道：“我不要，我要睡床上。”我看了一眼自己家的楼房，笑了一下，于是用力把她整个人抬起来，两手抱着她的胳膊，慢慢地把她扶到大门前，开锁，再把她一步一步扶上四楼。

打开家门的那一刻，我一点也不感到慌张。现在是清晨五点，我爸妈、两个妹妹，应该都睡了。我把圆圆扶进我的房间，帮她把鞋子脱掉，再给她盖上被子，然后去倒水。

我回到房间，发现圆圆坐了起来，在揉眼睛。

她问："这是哪里？"我说："我家。"她傻笑道："你把我带回你家，你想干什么呀？"我凑近她的脸说："你说呢？"她轻轻把我推开说："我要喝水。"我把水递给她，喝到一半她突然说："我想吐。"

我把她带到洗手间，她在马桶前面吐了很久，又抠喉又咳嗽的，只吐出了一点唾沫。我拍拍她的背说："算了，不要勉强，一会儿想吐就吐我房间吧。"

我在我的床边放了一个垃圾桶，用干净的塑料袋包住里面，又准备了一大叠纸巾。她坐在床头，每几分钟就反胃一次，每次我拿起垃圾桶给她吐完，我就用纸巾擦擦手。我还在桌子上摆满了面包、方便面、巧克力、海苔和豆奶，她什么时候吐到饿了，我可以随时让她吃上东西，接着吐。比起王姑娘那乌七八糟的一夜，这次我对圆圆的照顾显得清洁卫生又有条不紊。这种氛围，就是照顾到一半突然想做爱也是有可能的。

她吐着吐着一直吐不出东西，很快就累饿了。我问她想吃什么，她指着方便面。我哄她说："那个不健康，吃面包好不好？"她嘟起嘴，用手拍床单闹别扭，跟我第一天见到她时一个表情。我说："好好好，方便面就方便面，"然后给她烧水。

面泡完，她吃了几口，嫌没有味道，问我有没咸菜或贡菜，我去厨房找了一下，只发现橄榄和薄壳，那是一般用来下稀饭的。我帮她把几个薄壳倒进碗里，她和着面吃了一口，说好咸，然后开始恶心，我赶紧把桶递到她面前。这次她吐得很痛快，刚才吃的面基本吐完了，只是不知道酒吐出了多少。我在一旁开玩笑说："早知道吃这个可以吐，就不用浪费那一包面了。"

她吐累了，把头倒在我大腿上，喘息连连。我把水端在手里，一会儿她抬起头来，就着喝了两口。她看起来渐渐清醒，身体的不良反应也渐渐平复，她支撑着坐了起来，然后轻轻倒在我怀里。

这是我第一次见到她喝醉酒的样子。她后来跟我说，每次她喝完酒，别人问她什么，她都会如实说来。这一点跟我很不一样，我喝完酒后说话会更加大胆，但说的未必是真话。简单来说，这跟我和她的头脑构造有关。她虽然号称智商一百四，但是头脑只有表层和里层，而我明显中间还隔了很多层。阿May的头脑也是这样的构造，偏偏我被她骗得最惨。这严重说明，一个人会不会说谎，会不会做坏事，跟她头脑是否简单没有直接关系。

她倒在我怀里，开始抽泣。我很自觉地认为这肯定和我无关，因为我既没有欺负她，也还不至于让她感动到落泪。我摸着她的头发，等她哭得差不多才问她："怎么了？"她用我递过来的纸巾抹了抹眼泪，低声说："我喜欢的人订婚了。"

我一时无言。她接着告诉我，那是她去年回汕尾时认识的一个哥哥，对她很好，但是他父母不赞成他们在一起。哥哥对她说，你连我家人那关都过不了，我们是没有未来的，于是拒绝了她。她这次回去，看到他手上的订婚戒指，一下子受了极大刺激。这可以解释她为什么会在微信相册里发那样的话，"一直被伤、被伤"，也可以解释她今晚为什么要借酒浇愁，差点让自己身陷险境。

我依然抱着她，问："你现在还喜欢他吗？"她说："我不清楚，也许我只是不甘心，我会想，如果那时我和他在一起，说不定现在和他订婚的人是我。但仔细想想，其实我根本不可能跟他结婚，潮汕父母是不会接受我这样的媳妇的，我也不会为了他去改变我自己。我甚至也不是非常喜欢他，我只是很难过，很难过。"

这段坦白里有许多正常男人跳不过的怒点。这些怒点可以概括为：她跟我在一起依然感到不开心，原因是她喜欢别的男人，而且这个男人还是别人的未婚夫，最恶劣的是，她因为他跟别人订婚了，居然去放纵自己伤害自己，还让我一路给她保驾，帮她善后。在我当时的状态，这些思绪甚至没有从我脑海里经过。我明白，毕竟喜欢一个人不是自己可以控制的，心情如何也不是自己可以改变的。我当然感到不愉快，但也犯不着跟她去生气，她就算没有喝醉的时候，头脑也不是完全清醒。因为家庭的原因，她心智成长的关键阶段都被硬性跳过，她只是一个小孩子。

我突然想到她要去广州的事，从Kelly上车说到要去广州，我就觉得这件事不那么简单。从认识她以来，我在她身上总会发现一些我暂时解释不了的事情。有一些我让它们就这样过了，有一些一直在我脑海萦绕不去。我不敢深挖，因为我怕那会是很不好的事情。它们摧毁着我和她的关系，摧毁着我对我们关系的构想。

我还是忍不住问了：“你去广州的事跟他有关吗？”

她笑着说："没有，我去广州是为了接我男朋友。"

尽管当时脑袋像被敲了一记，我还是平静地说："你不是说你没有男朋友吗？"她挠了挠头，说："我也不知道那算不算，我们平时很少联系，他也不管我，只是偶尔见一次面。"

我问："你们是怎么认识的？"

"陌陌。"她差点笑喷了。

她说："他是中兴的，来我们学校上课，我们就这样认识。他是北方人，他的圈子也是北方人，我不喜欢跟北方人在一起，我喜欢广东人。"我冷冷地说："那你还跟他在一起？"她又哭了，说："那时我和前一个男友分手，心里很难过，只有他一个人关心我。"

这种事换了以前，我会马上把她从我身上推开。我记得有一年生日在广州，小璐特意从武汉来找我，我带她在华工附近的一家小店坐下吃饭。吃饭时，她说到晚饭要和另外一个朋友吃，只能陪我到三四点，我一下就感到受了欺骗，因为我把几个朋友的邀请都推掉来和她共度生日，她至少应该提前告诉我。在华工里面逛的时候，我对她异常冷淡，我忙着四处发信息安排自己的下一场，根本不想理她。这件事的关键不在于女人是没有道德感的动物，而在于她们对道德的理解和男人完全不一样。她们认为，一件事，只要有一方感觉受了伤害，那这件事就有地方做得不对，但只要有人有办法让受伤的人感到舒心，那这件事一样可以当作没有发生过。所以我们可以理解，为什么在大部分女人看来，男人犯的错本身并不是最重要的，重要的是他们是否肯做出与错误相当的补偿。小璐后来答应我两天后再陪我出来一次，弥补我在生日时的遗憾。圆圆虽然喝醉，但她的女性本能依然清醒，她说她根本就不喜欢他，她喜欢的是我。在我看来，这种话丝毫也不能改变她欺骗我的性质。何况我连这是不是缓兵之计都非常怀疑。

我想起她几天前和我说，她也许年底就要结婚了。我问，和谁？她打马虎眼说，不知道，说不定是和你呢，哈哈。这些话是她睡前说的，我一直没把它当梦话。从那时起，我就等着这一天的到来。我想着，那也许是一场他父亲安排的政治婚姻，也许是她前男友给她的承诺。我本来以为还能享受几个月的美好时光，没想到它来得这么快。我更加没想到的是，她居然会和陌陌上认识的人结婚。

我用两手抱紧她的头。她没有反抗。她抬起没有力气的手，摸摸我的脸，说："我骗你了。"

我笑着说："你没有骗我。从我认识你第一天开始，你就用你的举动告诉我，你很快就会离开我。所以无论你要吃什么玩什么，我都带你去。只要你要我陪着，我从来不会推托。我每天都给你想好一个故事，等着你睡前让我给你讲。我不知道我还能对你好多久，所以我珍惜每一次对你好的机会。"讲到这里，我的眼泪居然下来了。

她继续摸着我的脸说："你知道我为什么今晚要带你去吗？"

"为什么？"

“我想让你看看我真实的样子，我想把你吓跑。”

“好重新跟他在一起吗？”我突然有种被玩弄的感觉。

“不是。我看到你每天那样对我好，我心里觉得对不起你。只要你一直在我身边，我都会忍不住找你。可我真的不适合你。我是蒲精，我英语连二十六个字母都没认全，连自己为什么活着都不知道！你犯不着为了我这样的人浪费时间！你走吧！”

她用尽力气把我推开，然后缓缓倒在床上。我站起来，给她盖好被子，然后把门轻轻关上。我觉得我需要一点时间整理一下思绪，不然我明天根本没法面对她。

17

我坐在客厅里，看到昏暗中的时钟指着六点，从厨房里飘过来几线微弱的光。虽然是冬令时，但天应该差不多要亮了。

我想起我对阿文说的那句“我不介意”，我不知道这句话是不是应该画个句号了。从认识她的那天起我就在想，追求喝酒、泡吧、一夜情这样的生活，到底能不能称得上是一种conception of good？这个洋文术语，有人把它翻译成“人生观”，有人把它翻译成“价值观”，但我觉得它最标准的翻译还是“善观念”。在海峰兄看来，那样的生活，哪里有什么“善”可言？（效益主义也许不会同意。）所有默许甚至纵容那种生活的政治观念，比如自由主义，都是邪恶透顶。作为一个自由主义者，我充分感受到这种生活方式带来的挑战。它在我们的理论框架内不可能被禁止，但在伦理学意义上，它也称不上一种自足的可持续的生活方式。就其本身而言，它没有侵犯任何人的权利，但它和各种侵犯他人权利的活动（贩毒、迷奸、斗殴）形影不离；它可以是无害的，但它也摧毁过且摧毁着无数沉浸其中的人的身体、幸福和人格整全。

以前我觉得我和任何人都不属于一个世界。学术界的朋友，思路宽阔，但生活过分闭塞，我在深圳的朋友却刚好相反。在广州，我和常远苗硕去过一次SOHO，除了出一身热汗，又被几个小妞误以为是GAY，没有任何收获。我想，从我高二那年走进久别的游戏厅，第一次对面前的烟味和喧嚷感到恶心，我就已经不再可能成为一个夜蒲客了。从这个意义上来说，无论学术界的朋友，还是深圳的朋友，他们都可以跟我都是一个世界的，但圆圆肯定不是。

我仰头靠在沙发上面，想起我大学的三个女朋友。大一的女朋友依石，家境富裕，又是兼职模特，我现在都想不起我和她有过什么共同话题，但她对我的好，恐怕只有小苗师妹能比得上了；大三的女朋友嬴莹，偶尔像圆圆一样，会和包租婆去喝酒跳舞，但她从来不会觉得晚上如果不去K房、酒吧、桌球室，那出来就等于没有出来一样；大四的女朋友黄曼，每天也是邀约不断，我们有几次因为我的排号问题而发生争吵，但就算如此，她对喝酒打牌这样的活动也从来能推就推，毫不留恋。这么一圈想下来，圆圆可谓“集大成者”。后来依石和一个武汉的富二代结婚，嬴莹进了一家非常不错的国企，黄曼的生活没有怎么改变，我跟她们都没有再联系，其实我现在很想问问她们，当初是怎么看待我和她们的差异的？

当然，我们目前最严重的问题不是这个，而是她那个犹抱琵琶半遮面的男朋友。

我向来不担心挖墙脚时的摊牌问题，这种事我一般交给女方去解决，从来不至于闹得要决斗或坐下来讲数。大三开学，有一天嬴莹告诉我，她跟男朋友讲清楚了，我们可以正式在一起了。我只说了一句，我连他长什么样子都不知道呢，在路上碰到也不用避了。以圆圆和她男友现在的情况，我想他们要是分手，形式估计不会有什么不同。我追嬴莹的时候，她从来没以有男朋友为由拒绝过我，我一点也不怪她，因为她有男朋友的事是整个院都知道的，是我自己不信而已。现在我不可能不生圆圆的气，因为她跟我说她单身一年多了。其实她们两人的心态未必有什么不同，一样是骑驴找马，不过明显嬴莹的操作聪明地避开了康德主义者的禁忌，而且我那时也不是什么康德主义者。

后来骏扬和我说，其实阿May的事，也未必不可以原谅。我问为什么，他说，因为跟你比，她是个弱者。本来抛开外表和心地，她就没什么吸引你的。现在外表被证明是一个诈和，心地因为欺骗你而被你看作是不善良，她挺可怜的。而且，我觉得她是真的喜欢你。后面当然是我对他的一番教训，他的辩护，在正式伦理学辩论里完全是站不住脚的。不过我记住了他说的一点，只要感情是真的，也许其他都可以原谅。

我不知道圆圆对我的感情是不是真的，不过我可以判断她对她男友的感情一定没那么深。刚才我走出房门的时候，帮她把iPhone充上电，顺便看到Kelly和一个陌生男人发来的信息。那个陌生男人问：老婆，你明早要来接我吗？以她这样的状态，明天（其实就是两个小时后）想早起去广州基本是不可能了。她为了排遣自己的难过，觉得去接男友的事是可有可无的。这让我可以放心地把她男友踢出威胁之列。

可就算我们在一起，我真能放下这件事吗？我虽然说不上是一个眼睛里揉不进沙子的人，但我对圆圆的好，在很大程度上和我对我们关系的构想有关。在我看来，一段爱情是否纯洁，和女事主是否爱喝酒泡吧没有关系，但和其中是否存在欺骗，肯定关系甚大。前年四月，我和一个女文青有过一段“相逢恨晚”的缠绵，我们第一天认识就聊了十五个小时，以后逐日递增，第四天我们打电话，聊了七个小时。那时我们两个各自的处境，在一些人看来也是两个世界。有位朋友劝过我，给出了几个选项，我把其中一个剔掉说，要我放弃她，这是不可能的。后来我发现她在接受另一个男生的追求，与此同时她还有一个处了几个月的男友，那男生追了她十一年。在我提出和她断绝关系的时候她也不答应，但这种事情不需要两个人同意。我每天继续和她联系，心里却慢慢地抽离。有一天她打电话过来，说自己和男朋友分手了。我安慰了她几句，语气十分冷淡，虽然不是我故意的。当时要是我欢呼雀跃地和她拥抱，我们也可以在一起，但我做不到，因为感情已经不在了。她一直有在找我，在各个阶段都试探过我对她的感情，每回都失望而归。她在我的记忆中，慢慢地演变成和那些主动追求我的女生一样的形象。有一天我想起我们的整个故事，觉得十分失望，要是在我第一次跟她摊牌的时候我们就彻底断绝联系，没准我现在还偶尔会惦记她。最悲剧的感情，不是你伤害我我伤害你，我们恨彼此一辈子，而是我们分手的时候，忘记了曾经的伤痕累累，只记得彼此的庸俗不堪。

我想起自己总结的那句话，只要感情是真的，也许其他都可以原谅。

我打开房门，看着她熟睡的脸，自言自语道："可是，就算我原谅你又怎么样？我们还能像以前一样在一起吗？"

不知道她是不是听到，她皱了皱眉头，呢喃道："你快回来。"

于是我在她身边躺下。

18

圆圆的床品十分不好。我一睡下，她就感应到了，把我的手拉过去抱她，而且要抱指定的部位，一旦抱错了，她还会把它揪下来。我被她揪了几次，有点不耐烦，于是转过身去。她又把我拉回来，嘴里嘟囔着，抱嘛。最后我也不知道自己的手放哪儿了，反正醒来的时候很不舒服。

一觉睡到十二点，我被厨房里的声响吵醒了。起来洗漱的时候撞见陈洁，她向我举起大拇指说：“你真有种。”我点了点头，匆匆刷牙洗脸，然后把套在垃圾桶的袋子拿下楼倒掉。

回到房间，我发现里面有一股奇怪的味道，很明显这股味道跟圆圆吐出来的东西有某种关系，但又不是臭味。我把地认认真真地拖了一遍，还把绿茶味的香水当作空气清新剂喷了几个地方，那股味道还是挥之不去。下午圆圆醒来后也闻到了，我跟她说：“现在我的房间充满着你的呕吐物的味道，估计几天也散不掉了。”

圆圆的iPhone充满电后，我把它拔出来，放在她手边。她男朋友又陆续打来几个电话，每次她都毫不犹豫地按掉。我开始有点同情这个情敌。人的无意识反应，最能反映内心真实的想法。我推了她几下，跟她说要准备吃饭了，因为我经过厨房的时候，父母就神情凝重地让我给她准备洗漱用具，并且叫我无论如何要叫她起来吃饭。他们把这次会面看得很重，毕竟这是我第一个带回家的女生。

圆圆一开始怎么叫也没反应，后来终于意识到有人在骚扰她睡觉，发了一通脾气，又躺下了。

我走出房间，跟爸妈说现在是无论如何也叫不醒她的。为了尽力保全圆圆在他们心中的形象，我说了一个很得体的谎。我说昨晚徐帆邀请我和阿呆在他老婆家里狂欢，我把圆圆也叫去了。整个晚上我们玩大话骰，喝芝华士兑绿茶。圆圆输了很多局，愿赌服输，就醉成这个样子。半夜徐帆收到老婆电话，说有事要提前回来，早上就到。我怕圆圆留在那里会给徐帆添麻烦，就把醉倒的她带走了。她家里没人，我只能把她带回家了。

爸妈和两个妹妹都没有对这个white lie流露出任何怀疑，因为在他们看来，女生喝醉酒，这个情节已经十分严重。他们不会想到她是在酒吧喝醉的，更没法想象到昨晚凶险的情景。吃饭的时候，我们都尽量不提到圆圆，父母是怕她在房间里听到有失礼貌，我是心里有愧，不敢多说。我觉得，现在我已经没有资格去谴责圆圆什么了。我的欺骗和她的欺骗在性质上没有任何不同。

我匆匆吃完饭又回到房间，看到圆圆面对着墙壁侧卧，双脚蜷起。我狠狠地拍了她一下："起来啦，大懒虫。"她回过身来，看了我一眼，这次居然没有发脾气。她慢吞吞地坐起来，说："我又想吐了。"

我把垃圾桶拿到她面前，她吐了一下，又是吐不出来。她让我把纸巾盒拿给她，从盒里抽出三张纸巾，铺在床上，然后把垃圾桶放上去。我把桶拿起来，又在下面铺多了几张，这才放心让她吐。

她的电话又响了，她拿起来看了一下，把它按掉。我问："你男朋友啊？"

她表情并不紧张，只是淡淡地问："你怎么知道？"

我说："你昨晚说的啊。我还知道你昨天不开心是因为你喜欢的人订婚了。"我始终是笑着。

她有点慌乱地说："我说你就信，你真傻。喝醉酒说的话，怎么能当真呢？我的男朋友是你，我喜欢的人也是你啊。"

我说："你就不要再骗我了。我现在也并不生气。你不如把实情告诉我，我们想想该怎么解决。"

于是她把她和这两个男人的事都告诉了我，其实和她喝醉酒说的并没什么不同。我很惊讶的倒是她在醉酒的状态可以那么有条理地把这些事说出来，而且第二天一点都不记得。我没有露出一点生气的样子，一是经过凌晨的消化，我已经把它们当作事实接受下来，二是从她刚才的反应我看出，她面对危急的场面，只会用说谎来寻求解脱，想从她那里知道更多真实的想法，我必须冷静地和她对话。

我不知道是因为她没有完全清醒，还是她本来的性格就是这样。她的解释方式十分奇怪，她当着我的面把手机桌面的十几个软件都删掉了，说自己再也不玩了，要改邪归正，还把微信里其他人的聊天记录全部删除，最后只剩下我和她的。她甚至要把男友的电话也删掉，被我制止了，我说删了你就不知道打电话给你的是他，你想按掉都不行了。其实她删不删那些东西，都改变不了我对她的印象。我也不用问她为什么那时要骗我，这些原因自己想想也知道。她当然不可能是因为第一面见到我就喜欢得不得了才跟我说她没男朋友的，无非就是不放过任何暧昧的可能性而已。我比较想知道的是，在跟我在一起的这段时间内，她还有没和别的男生这样，还有，她打算怎么处理她和我以及她男朋友的关系。

有时候我觉得我把她看得很透，有时候我又觉得自己完全不了解她。面前的圆圆，她此刻心里想什么，面对什么样的事情会有什么样的表现，我推测得八九不离十。但是，你问我她有多少不可告人的秘密，我真的说不出来。我曾经以为，她只是个因为缺爱而误入歧途的小姑娘，只要有人愿意引导她，承担她的未来，她有足够的能力和勇气可以走出那样的生活。后来我发现，“误入歧途”这个词，真是可大可小，因为喝酒夜蒲把身体熬坏叫误入歧途，跟无数个男人有过一夜情也叫误入歧途，为了金钱被男人包养也叫误入歧途。我能接受哪一种？如果有一天她告诉我，她已经有个几岁大的孩子，现在孩子爸爸来找他们，她要一家团聚了，我该怎么办？

那是我那一天里唯一一次抱有过激想法的时刻，这些想法很快就被面前的场景冲淡了。我从来没有抱着审问圆圆的心态，但是她回答的神情和语气，让我产生这样的感觉。我曾经质问过阿May，她的态度是以更激烈的方式回敬我，让我产生将要丧失她的恐惧；在女文青接受另一个男生追求的事情曝光后，我也质问过她，她的策略是用平缓的语气将事件合理化，最后反而像是我在大惊小怪了。这些办法都是饮鸩止渴，尤其是用在我这种对不公平耿耿于怀的人身上。圆圆很容易感到心虚，虽然她并没有请求我原谅，但也没有为自己做的任何事情辩解，这让我后来根本不忍心谴责她。

我问她第一个问题，她坚决说没有，我相信了。我的凭据当然不是通过计算我们在这认识的这七天里有多少时间空当是没有在联系的。严格来说，她和我见面和打电话的时间全部加起来都不超过二十四小时，她要在这些时间外发展另一段恋爱，在技术上是完全可能的。我相信她，是因为她除夕那天跟我讲的那个小白兔的故事，还有她在初一凌晨差点出事的时候对我发出的求助。她愿意花时间念那么长的一篇故事给我听（最后连我都听得不耐烦了），会在陷入危难时第一个想到向我求救，我在感情上没有任何理由不相信她。

面对第二个问题，连我都替她感到为难，可她处理得完全不费力气。她答应我很快会跟他分手，但她说，一旦她这么做了，她也不会和我在一起，至少不会马上在一起。我问她，那是不是意味着要跟我们两个都断绝联系？她说不是，除非我不再愿意理她。后来她真的跟他分手了，而且我想了一下，她很聪明地把皮球抛了给我。她没有给我任何承诺，但是也没有扼杀任何可能。如果我愿意，我可以重新追求她。如果我不愿意，她也给了我一个合理的交代。

这个结果比我事先想象得到的任何结果都要糟。她既没有选择她男朋友，也没有选择我，她把我抛回我从客厅走回房间时问自己的那个问题：我真的能够原谅她吗？这是我现在再怎么思考也无法给出答案的一个问题。

就这场博弈而言，我已经输了。

她突然抓着我的手臂说："我又困了，你抱着我睡吧。"

这次她并没有挑剔抱的部位，我的手从她的头发，摸到她的右耳，再摸到她的下巴，她都没有反抗。我甚至试探性地碰了碰她的大腿，她也没有发出任何动静。我相信她真的是想把这个问题留给我去决定，可我很快就进入梦乡，梦里没有任何人给我答案。

19

我本来想和圆圆睡到四五点就送她回家，没想到等我睁开眼睛看手机，已经是六点。看来晚饭这场，是躲也躲不掉了。

我爸妈冷静地看着我衣冠不整地从房间里出来，对我说："晚饭她起得来吧？"我笑笑道："起得来。"

下午和圆圆谈事的时候，她又吐了几次，有两次恰好岔开关键的问题。我给她倒水，扶垃圾桶，看她一边把黄疸水吐出来，一边嘴里嗔怪道：“都是那两杯Tequila害得我什么气也生不起。”晚上我和她一起看《笑傲江湖》，看到林平之带着伤去找岳灵珊，我说：“呐，这就是苦肉计，一般人我不告诉他。”她暗暗地笑，我知道她明白我在说什么。

我让她无论如何在出去之前，想清楚自己还有没有吐意，她扣了几次喉，确定再也吐不出，我才把房门打开，让她去厕所洗漱。

她洗漱完走出来，我把她往厨房一领，指着她对我爸妈说：“这是圆圆。”她很有礼貌地鞠躬，说：“叔叔阿姨好。”我又把她领进妹妹的房间，给她们三人做了介绍。

圆圆对潮汕人情世故的理解，也许还要在我之上。在没有开饭前，她就走进厨房，问：“阿姨，有没需要帮忙的？”上菜的时候，她帮着我们摆筷子和拿饭，等我爸妈都坐下她才坐下。原本我想着，只要她不要在吃饭时挑三拣四，不要把我们昨晚的事拿出来说，我就谢天谢地了。我想不到她会夸赞我妈的厨艺，也想不到她会和我爸讨论汕尾的海产。她在饭桌上的卓越表现让我产生一种幻觉，我以为我们今天真的是在见家长，而且她还表现得不错，说不定我爸妈还会喜欢她。

这顿饭的气氛十分轻松愉快。中间我把电视按到无线新闻，在讲钓鱼岛，她问我，你为什么不看《第一现场》？我说，你的品位怎么跟我妈一样？她说，我觉得那个很好看啊，每次吃饭我们全家都看。我说，你已经师奶化了，没救了。我妈听到忍不住笑了一下。

吃完饭，我让她不要那么快回房间，先坐着陪我看一会儿电视。我让她坐在我平时惯坐的红米椅上，自己坐在她旁边的小藤椅。我告诉她，平时不管多忙，我们全家吃完饭都会聚在茶桌边，喝一会儿茶，然后再去做自己的事。有时我直接就把iPad或laptop放在大腿上，一边喝茶一边看视频，就像现在这样。我用iPad打开《笑傲江湖》，让她跟我一起看。

在茶桌上，我父亲依然客气，他问她现在读什么专业，毕业后有什么打算。我几次想打断他，因为圆圆跟我说过自己不喜欢做幼教，毕业后也不会去做幼儿园老师。以我爸的性格，只要她说一句“我根本不想做幼师”，就能惹来他一顿教训，然后就是六国大封相。谁知圆圆除了点头和赔笑，一句话也没有多说。我开始相信她之前说的，说不定她不做幼师，也能在社会上混得很开，完全不用靠家里和男人。她只是把她最糟糕的一面暴露了给我。

当我爸不再抓着她说话，她对我说：“这个《笑傲江湖》有什么好看的？”我说：“好看啊，令狐冲和东方不败，从林青霞那部电影看起，我就盼了好久，重口味爱情啊。”她笑着，把嘴凑到我耳边说：“你想享受重口味爱情啊，我们到你房间去，我让你试试。”我马上把iPad合上。

进房间以后，我一把把她推到床上，她假装捂住自己的胸口，我却一屁股坐到床头，拿出手机，开始播歌。

我播的是第一次唱K她要我学的，周柏豪的《够钟》。

像我这样，成就或太牵强
而像你这样每一位也心痒
清楚你未按时我是我幻想
给我想太多导致内伤
迷药快过，恢复正常

够钟死心了
当你沉默得高调
当得我历劫低潮
为何尚要打扰
过几多通宵至肯醒觉才愿退烧
爱不了偏走不了别说笑

播完一节，我问她："你有没发现这里面唱的和我们好像？"她说："哪句？"我说："这句，像你这样，每一位也心痒，还有这句，给我想太多导致内伤，迷药快过，恢复正常。”她听完趴在床上哈哈大笑，然后转了一圈，闭上眼睛，把头枕在我的大腿上。

我摸着她的头发——她和我说过她喜欢我摸她头发的感觉——发现自己的指甲长了，一直没有剪。

我伸出五指，说：“很奇怪，从和你出去的第一天我就发现自己的指甲长了。那次你拉着我的手指时，有那么一会儿把我的指甲在你指肉上刮来刮去，那时我就意识到我该剪指甲了，可我到现在都还没剪。”

她说：“因为你的心不在这儿啦。”

我问：“那我的心在哪儿？”

她指着自己说：“你的心都在我这儿。”

我问她：“那你打算把它还给我吗？”

她反问我："你要把它拿回去吗？"

我没有说话，我觉得她太聪明，她记得自己的每一个胜利，即使那个胜利是在她不清醒的时候赢得的。

我问了她一句："你喜欢我吗？"她回过头，毫不犹豫地说："喜欢啊。"

我挑不到她破绽，只能闷闷不乐地坐在一边。我们好半天没有说话。

我最要好的一群朋友，包括大黑、骏扬、张威、师太和邹帅都知道她在我家，但是不知道其他情况。我必须说，在这四天里，他们对我和圆圆的故事的定位是"哲学家感化夜蒲妹"，类似的经典原型我是想不到，但是有点像《仙剑奇侠传3》里白豆腐和紫萱第二世的爱情故事，当然，有人硬要说是《洛丽塔》我也拦不了他。这个定位让我有点混乱，因为首先我也不是什么好鸟，我暧昧过的姑娘伤害过的姑娘不计其数，我只是从来不需要通过伤害自己的肉体来治疗自己的精神，从这一点上，我比圆圆更加无法为自己辩护。我不知道应该怎么告诉他们，我感化不了她，我也没有资格去感化谁。现在我自己的生活进退两难。

她看我不说话，把头挪到我的胸口，然后用手指在我胸前打转，说："你怎么不说话呀？"我没有阻止她，只是淡淡说了句："你这么做是不对的，我爸妈在外面，你居然在这里挑逗我。"她把我撩拨得更痒了，笑着问："挑逗你又怎么样？"我说："你信不信我……"她望着我眼睛，带着笑意，说："那你来啊。"

我紧紧地抱住她，然后深吻了她一下，这是我第二次吻她的嘴。我说："你说我肤浅，这对我不公平，对于我来说，感情里有一些东西，比赏心悦目重要，比春宵一刻重要。你懂吗？"

她斜倚着身子，把头支在右手上，静静地点点头。

她环顾四周说："你家真好，你的房间也很好。"

我说："搬来我家住吧。"我想起翔哥对我这么建议。他说，如果我真的想改变她，就应该让她远离她原来的环境。

她问："会不会很不方便？"似乎快要答应了。

这件事在操作上基本不太可能。我妹和他男友在一起五年，她都没搬去和他家人一起住。我的房间也不大，两个人住，东西是不可能放得下的。我只是通过这个建议在传达一些东西，她也只是通过答应我在传达一些东西。她在传达的是，她欣赏我今天的表现，喜欢和我待在我的房间里。

在我后来的回忆里，这一天，温馨的感受多于思想的挣扎。我甚至觉得，她男友的事，我应该提都不提。我并不是想听她骗我，我只是觉得在我的房间里谈那些事完全是浪费时间。她身上有一阵特殊的香味，留在我被子上好几天才散去，那股味道消散后，我开始想念她，想念到胃痉挛。我每次写作都要挺直腰板，以免让胃发生褶皱。

有的时候我觉得她骗没骗我一点都不重要，有的时候我又觉得非常重要。我们两个今天晚上分开，并没有给彼此留下什么伤痕。她喜欢我对她的好，喜欢我给她带来的积极影响（她在我房间里看到Kindle，后来自己买了一部，每天都用它看书），而我因为她，终于看清楚自己真正喜欢一个人的时候是什么样子的。我们的相遇，让旁观者屡屡觉得山穷水复，只有我们两个才知道哪里是柳暗花明。

她的iPhone又响了，这次她没有按掉，她聊电话的时候我一句也没有去听，我觉得此刻去揣测她的心意已经没必要了。

挂断后，她对我说："你送我去坐车吧。"

我把她领到家门口的斜坡上等的士。我不知道她要去哪里，也许是去见她男朋友，也许是去今晚的酒局。经过今天，她的生活也许不会有任何改变。我用力地搂着她的肩膀，把昨晚为她准备的一排金莎巧克力塞到她手里，说："我不要求你记得我，你记得今天就好，我也不一定会记得你，但我记得为你流泪的那种感觉。"

的士到的时候，我背过脸去，她终于坐上不用燃油费的的士了。

十二点的时候，我妈要去睡觉，问我："她到家了吗？发信息给你了没有？"我看了看空荡荡的微信，说："到了。"

那些被我们辜负的人

11

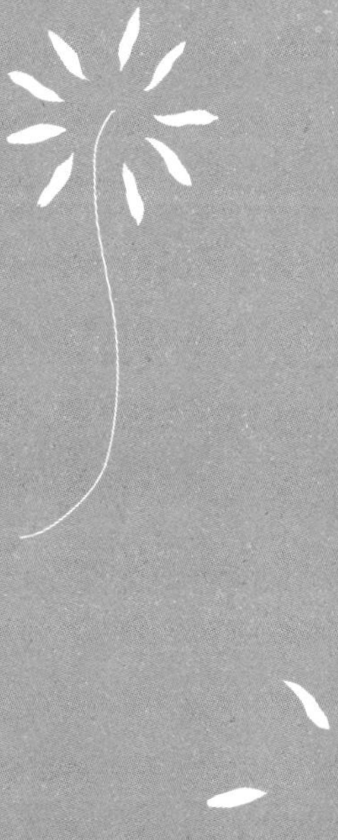

那些被我们辜负的人

哲学是一种爱欲，爱欲不满会产生巨大的精神压力，有的人往内吞，因而变得忧郁，比如他；有的人往外排，并变得狂躁，比如我。

一些理想主义的故事

在去南京的火车上，我收到菁丰的短信，他时间算得刚刚好。今年我在杭州，在上海能碰见他，在北京见了他四次。我不厚道，和他稍一熟络，就喜欢拿周雨霏来开他玩笑，刘宇翔也是，话里带刺，总喊他“王意领”。他每次都跟我们一起笑，没有一丝尴尬，那撇胡子和那个声音，让人印象深刻。我觉得他真人要比文字更让人亲近。

在北京见到的许多朋友都是这样。我刚下火车，万谦和舒迟就抢着帮我拿行李，在柳絮纷飞风沙刺眼的西站，人为何生而自由平等的问题马上被提了出来，我顿时觉得来北京要面对的就是一连串的考试，比古时上京赶考还要波折。当晚周枫老师请我们吃饭，李涛也来了，转战办公室后我们为政治哲学之证成是否需要形而上学预设而争论不休。三点过后，万谦为了证明他是康德主义者，坚决不肯在未知会室友的情况下收留舒迟。

第二天讲课彩排，好几个朋友特意跑来捧场，从天津赶来的闵翔第一句话就说："你好，我就是被你拉黑的卢卡翔。"我仰天大笑说："来，今天给你机会砸场报仇。"面对那些尚未熟悉的面孔，我很快意识到自己对讲台有多么自然的亲切感，当年邓老师就告诉我："你的声音和你的肢体语言，一定会让你成为一个很不错的老师。"后来老宋来了，吃饭时刘宇翔也来了，文明冲突和道德困境接踵而至，舒迟又适时浇了一把形而上油，论辩的火焰在所有人的脸上燃烧，最后在充气娃娃是否能当总统的民主投票中黯然熄灭。

在那两个星期里，在紫竹院，在植物园，在中青院的图书馆，在人大附近的车站，在南池子大街的咖啡馆，这样的论辩每次都得烧死一大片人。走的前一天，诗意栖居的老板娘问我："你们在上面讨论什么？这么热闹。"我说："我们在商量怎么把那个白白胖胖的家伙弄死。该死的，烦死人了。"

舒迟对形而上学执着，却又不肯从事学术，这让我感到惋惜。哲学是一种爱欲，爱欲不满会产生巨大的精神压力，有的人往内吞，因而变得忧郁，比如他；有的人往外排，并变得狂躁，比如我。我时常见他想发作又转而自省，心里替他难受，换了我，一定变着法子回敬这个世界。在他和万谦面前，我自认激情有余涵养不足。我觉得我要做的事还很多，不能被琐事打败，就算疯，也要疯得痛快，一醉方休。

在北京有不少这样忧郁气质的朋友，他们有些人从事的也未必和学术有关，但必定是和某种理想主义事业相连。每个时代都有这样一群忧郁的理想主义者。最简单的一个跟我说，我真不想就这样回家，回到那样的生活，一眼就望到头，工作结婚生孩子，然后衰老和死去。我问她留在北京想要什么，她也不清楚，她只清楚自己不要什么；另外一个，是我大学时的师妹，陪我吃了一顿姚记炒肝，逛了一圈傍晚后海，没有好气地说：“北京的水少得可怜，没有一点生气，人在这儿活得也好憋屈，每天忙得要死要活，做着不是自己想做的事。”我问她想不想回深圳，她也不想，因为这里至少还有各种可能性，深圳那种打工仔文化主导的城市能让人产生大屠杀的冲动。

那天大猫搞聚会，我见到卡塔琳娜、龚知宇、郭政、仇程、谭森、杨天龙和金怀鱼，都是在网上打过交道却一直无缘得见的，印象比预想中要好，觉得是一群值得一交的朋友。唱歌的时候，家伟来了，他拉着我一直在谈他读书中的困惑，我尽可能以自己微薄的学力给他解答，中间我们换了两三次座位，他每次突然想到一个问题，就挤开我身边坐着的人，用他沙哑的声音组织语言。我也问到他的境况和打算，他在天津一家咖啡馆上夜班，白天到处溜达，找地方看书，这样可以省下住房的钱，还有闲暇学习考试。我当时听得有点心疼，我认识他快三年，算是对他有点了解，以他对学问的热诚和努力，应该配得上更好的境遇。我没有问他长远的计划，也没有告诉他一般人在这个年龄在做着什么。我只能安慰自己说，他在看书的过程中，一定和我一样体验着一种超然的愉悦，这种愉悦可以让我们无视生活中的各种艰辛，每有会意，欣然忘言。后来我听他唱张雨生和Linkin Park，那恰到好处的嘶吼让我相信他对人生终究会有同样恰到好处的把握。

第二天早上回去，他跟我说："你有空和大猫聊聊，他也是苦闷而不得解，他说你是一路顺风顺水，不知人间疾苦。"我想了想，好像我给养老群的人都是这样的印象。年初张亦打电话给我，说了不少他的不顺心事，也顺带加了一句："我跟你说这些你都不会懂的，你过得太顺了。"我当时苦笑，说我这人自尊心那么强，怎么会随便把不顺心的事告诉别人，只要我还能看得进书，还能有进步，其他的事我都有自己的办法排解。我觉得我的运气仅仅好在有机会给我去做自己想做的事，还不会饿死。张亦后来被网易骗来北京面试，在人大附近租了个房子，骑虎难下，苦闷之中想约我单独聊聊，但每次都被临时冲掉，不是他要准备面试，就是我要准备课件，难得见了一次，他用他那熏陶而成的东北话对我说："你来北京吧，来了以后说什么都方便了。"我本来想告诉他他是我在人人网上最喜欢的几个人之一。

走前我难得用大猫的电脑上了一次网，把两次课的课件发给郭斯维。这个大猫口中的高富帅每天奔跑于北京各大高校，在网上发布各种讲座和读书会的信息，乐此不疲，在植物园的时候他告诉我他没什么欲望，对物质、对女人，都没有。我说：“那你比我更适合做学术。”他接收了课件后对我说：“听过你的课，我终生受益。”我当时觉得这过分夸张。他听过我两次课和一次读书报告，每一次都沉默不语，我也自认并没讲出什么让人恍然大悟的东西，这种客气话我受之有愧。他接着说：“是真的，你是我认识的第一个做学术的人，你让我知道做学术的人该是什么样子。”我等了很久才给他回复：“我会记住你的话，至少这让我觉得我对别人还有一点价值。”过了一会儿，我又说：“别学我的缺点，我脾气不好。”

二

三号早上我乘车经过脚手架林立的市区来到夫子庙的青年旅馆，很快就被这里吸引。走前的几个小时，我和旅馆的几个朋友坐在吧台上玩真心话大冒险，旁边一个光头的中年韩国男人在用考究的茶具冲茶品饮，他用英语问了我们一个问题：“如果你现在拥有了爱人、健康、财富和权力，你会用剩下的时间做什么？”离开了术语纷飞论证弥漫的北京，南京的哲学带着满怀的诗意和萦绕的茶香。

旅馆狭长的过道左边摆放着几张玻璃面的桌子，每张桌子旁边都有两张沙发，右边是书架，然后是吧台，任何时候都有人坐在吧台上聊天，吧台对面出去是阳台，零零散散撑着几把阳伞，摆着几张木制的桌椅，外面就是秦淮河。第一个晚上我坐在阳台上看星星，透过繁茂的枝叶听到船行水上的声音，这声音让我联想起九十年前朱自清的一篇流水账，还有六年前在这条河边做的一场梦。

来之前不知道谁和我说了一句：南京是个忧伤的城市，光听到《你离开了南京，从此没有人和我说话》这个名字，你就已经难过得不行。走到旧都的路上，人完全不能思考，它会活生生把你拖进那种情绪里，用烟柳巷陌熏你，用秦淮歌谣扰你，用天下文枢撼你。连大行宫那遮天蔽地的百年梧桐，都令你一个劲儿地想起民国。中山陵和总统府，那是更加去不得的。

第一天我在第二张沙发上看了十几页的《人的境况》

就被朋友喊了出去，我们在先锋书店逛没多久，一位人人网上的好友说要我围观我。把她送上车后，我对朋友说，她回去估计会发个状态：陈纯就一傻瓜。第二天晚上我把朋友送走，回到旅馆里被洛桑央金认出来，我和她在某个状态下有过长达一百条的辩论，她在南大读书，也在青旅上夜班，相比家伟，她不知道自己想做什么但依然很快乐。她问我："你为什么总是不笑？"我说我笑起来太丑。她把自己的门牙露给我看，说："我的门牙都断了，还不是一样笑口常开，你们这些装模作样的文人啊。"

朋友小河是个很爱笑的姑娘，在南京一所中学做美术老师。两个月前那篇《关于装逼》被挖坟，我们因而结识。第一次说话我从她的习惯用语里嗅出了现象学的气息，十分惊奇。她爱听民谣和摇滚，给我推荐李志，我给她看我七八年前写的小说，还有那篇无病呻吟的《金陵·姑苏》，她让我想起远在非洲的苜蓿。这次来南京，本来是给她带冯唐的《不二》，可我翻了几十页，觉得那书不值一看，结果书没带，人还是来了。

在先锋书店的时候她跟我解释男女恋爱步调不一致的原因，说科学表明，男人的爱只能维持一年半，而女人能维持四年。我很认真地问了她几次：“你确定不是一个半月和四个月？”

四年这个数字对我来说是天方夜谭，对她却是实实在在的体验。她跟我提过一个男人，我当时完全没放在心上。当晚她骑着蓝色小摩托车来找我，我们倚在秦淮河边的小桥看黑黝黝的水，她又把那个故事说了一遍。

男人大她十几岁，是她老师的一个朋友的儿子，也是她唯一喜欢过的一个人。

男人的外公之前是外交部的高官，后来因一些原因被流放到偏远的地方。为了保住性命，男人的母亲和成分良好的父亲结婚并生了下他，有过短暂的快乐时光。平反后，男人的外公恢复旧职，舅舅们嫌弃他父亲的出身，找了个借口让母亲和他离婚，一家人又风风光光地回到京城。这在男人的心上留下巨大的阴影，母亲走的时候他才几岁，他一直认为自己的出生是一个错误。他对小河说过一句话："被强奸的女人都愿意把强奸犯的儿子生下来，我是她正儿八经结婚生的儿子，她为什么可以说不要我就不要我了？"

我当时听完一拍手说："这不是《阿飞正传》的故事吗？"她说："没错，他比电影里的人还要倔，旭仔还会去找他母亲，他连找都不愿去找她。"在很长一段时间里，小河都很想去北京帮他找生母，虽然她知道这样做一点也感动不了他。

男人并没有用"这一分钟我们在一起过"这样的桥段来打动她，她喜欢上他，也许是因为他的才华，也许是因为她的母性。他对她说："小河，你是个好姑娘，如果我想结婚，我一定会第一个找你，但我不想结婚。"上一次她找他，好不容易打通了电话，她问："你从日本回来了吗？"他说："是的，但我很快又要回去了。"他从来没有给过她任何希望。

我问她："你还打算坚持吗？"

她说："我心里早已经放弃了，但是喜欢他已经变成一种习惯，一时半会儿放不下。家里给安排过好多次相亲，每次都不了了之。我想我坚持了四年，连相爱是什么滋味都没尝过，就要和一个自己不爱的人结婚，这对我来说太残忍了。"

我沉默了很久，她感到气氛有点异样，又笑着对我说："别这样别这样，都怪我不好，你这次来玩该是开开心心的，别被我的事影响到你。"

其实我来南京也不是为了什么开心的事。在听她的故事前我让她陪我在夫子庙边卖玉器的巷子转了两圈，却没有任何买的意思。我看她那副好奇的样子，跟她说自己是来找一种玛瑙手镯，六年前我在这里买了送给我当时的女朋友。我还记得那晚耳边一直播着《我也不想这样》，一个人逛着逛着到了一个假的乌衣巷，路牌边就是一堆臭不可闻的垃圾，最后坐着没有灯的夜车回来，觉得很有安全感。

她问："你还喜欢她吗？"

我说："这是你们女人的逻辑。男人这种狼心狗肺的生物，如果惦记某个姑娘，那多半是因为她身上带着他过去的痕迹。"

走前我开玩笑和她说："小河，我把你的故事写下来吧，也许会有好男人看到后想来认识你。"她凄然地笑笑说："好啊。"

回来后她问我："你这次来南京有什么遗憾吗？"我说："没有，如果硬要说有的话，就是没能再坐一次夜车。我记得下车的地段古色古香，恍惚间觉得自己是南朝人。现在再也回不去了。"

三

像我这么冷血的人，其实很少被别人的故事打动。在回广州的火车上，我和欢欢说起北京和南京的故事，心里五味杂陈。我想起那群在为着理想苦苦挣扎的年轻人，想起在为着爱情牢牢坚守的小河，很想为他们做些什么，但却无能为力。一年多前我在《耐住寂寞》里写道，事业理想主义和爱情理想主义是很难兼顾的。我只是没想到即使我们只承诺其中的一个，其实现几率依然险之又险。在大行宫时洛桑央金问我，如果没有结果，过程又有什么意义？我坚持认为过程本身有它的内在价值，这不仅是因为我的经历让我这么想，我也害怕那种无处不在的后果主义会让一直咬牙奋斗的年轻人失去了生活的动力和信心。

昨天骏扬回学校，跟我说我逼得自己太紧，让身边人压力巨大。我给自己制定的计划，远到天边，近到眼前，每个月看几本书，每天看多少页，几年后达到什么样的层次，有条不紊，在这一点上我真是一个坚定不移的罗尔斯主义者（“生活计划”）；去年看拉莫尔看得我十分受挫，他说，许多对人生有意义的东西，是没办法计划的，比如爱情。

正因为爱情无法计划，所以它让我如此恐惧。当年看《挪威的森林》，那些左派青年攻占大学的时候，渡边正在上古希腊悲剧课。左派青年急匆匆走上台，对教授说，现在有比古希腊悲剧更让人悲伤的事需要处理，麻烦他让出讲台。教授耸耸肩，说他不认为有什么比古希腊悲剧更让人悲伤的事，不过反正他们也听不下去，让出就让出吧。那时我以为这是一个学者对自己学科的傲慢的执着，现在想想才知道不是那么一回事：人对“命运”的无力，确实是最让人悲伤的事。爱情也无能为力，道德也无能为力，荣誉也无能为力。唯一能短暂战胜命运的，只有人的“记忆”，所以，那些史诗、那些歌谣、那些悲伤的故事，被一代代人吟诵、诉说，激发人的灵感，鼓舞人的生存。我们总喜欢跟人谈起自己的过去。

对于那些勇敢的理想主义者，我只能这么劝一句，只要不要精神失常，你们身上依然有可以战胜命运的东西。经历有内在价值。

那 些 被 我 们 辜 负 的 人

//

我承认自己千疮百孔，却依然爱着自己，还有这个世界。这比我会不会成为一个好男人要重要得多。

后记　爱情之于我

今年我要出一本书。里面的文章，最早的写于2010年，最近的一篇，是2015年6月写的。编辑出于市场的考虑，基本只选取了和爱情有关的文章，除了一篇写理想主义的。很多朋友问我这书关于什么，或者书名叫什么，我都不好意思回答，海峰兄说上市后在先锋书店给我搞个签售会，我就更情何以堪了。我不太想被定位为一个“写情感故事”的作者，不太想在书店的畅销书架上看到自己的书，我的大学朋友须弥自费出了几本诗集，我反倒有点羡慕他。

我开始回忆，从我写第一篇和爱情有关的文章起，爱情对于我，究竟是什么呢？杜拉斯的话现在说起来有点矫情，不过曾几何时，爱情之于我，确实是一种“疲惫生活中的英雄梦想”。十几岁的时候，我的英雄，是为情饮弹自杀的维特，是在两个女子之间思考生命意义的渡边，还有白驼山上，满脸惆怅地倚靠在夕阳中的欧阳锋。那时尽管觉得默尔索回答未婚妻的那句话十分经典（“我不知道我是不是爱你，如果硬要说的话，那大概是不爱。”），也隐隐约约在托马斯和萨宾娜身上看到一种和谐的相处方式，但是我从来没有深入想象自己成为他们的可能性。我哪里知道，从英雄主义到虚无主义只有一步之遥。

我有一个很有天分的初恋女友，和她比起来，我简直一无可取。如果不是受她影响，我也不会拼了命地去翻那些厚成砖头的《战争与和平》和《卡拉马佐夫兄弟》。我在很多地方说过，我在文字上并不是很有天分的人，但有幸，我走得比她更远。在那位姑娘后来的轨迹上，我看到那些天分的残留凝固在凌乱的脚印旁边，她原本可以把它们静静地存起来，“一次过”（凑在一次里）在这个世界掷地有声，可她没有。初三的我并不知道后事，知道了也未必会介意。我想的是，她有天分，可是我有爱啊。现在的我经常嘲笑那些把爱情当作宗教来膜拜的人，却忘了自己曾经也是这样。“拜爱情教”的教义是“信爱情得永生”。我不知道别人是为了什么而拜，但对于其时开始在世界中寻找自己位置的我来说，爱情是可以让我和自己心目中的英雄跻身同一个集合的力量：我越是为情所困，为爱而受伤，我在这个集合里的位置越接近核心。当同龄的人都在为自己的前途奋斗的时候，我很早就意识到我需要一种更高层次的东西来超越自己。

如果说我最初是因为觉得自己天分平庸而希望“以爱不朽”，那现在的我则惨痛地意识到：爱情也是需要天分的，而且所需要的天分，不比别的东西少。说爱情是需要天分，并不是说，我“天生”就没办法爱一个人。不过，确实有一些我无法控制的因素，在妨碍我成为一个好的伴侣。发现这些，对我来说是一件很难过的事（是的，比伴侣的离开更让我难过）。你对一个练了十几年钢琴的人说，你不适合做一个钢琴师，他都不会这么难过，因为大部分人弹钢琴根本不是为了做一个钢琴师。但是你对我说，你不适合和人建立一段亲密关系，对我的意义则完全不一样。这等于说，我努力了十几年，都是白费力气。我不仅不会维持一段关系，我甚至没有比以前更懂开始一段关系。那些言不由衷的甜言蜜语，我几乎是每说一句就有生理上的反应，如果我面对着的是前天的那个带着华中口音、喋喋不休地说着自己有多少多少追求者，每个追求者花多少钱只为和她吃一顿饭的姑娘，那我真是恨不得掀桌走人。更糟糕的是，我再也享受不到暗恋一个人的乐趣，因为和一个人接触一段时间后，她朋友圈里那些暴露品位的转发和语言，会让你瞬间对生活产生绝望。和大部分人在一起的时候，我感到比一个人的时候更加孤独。

有的人会问，既然你是这样的人，为什么你还要谈那么多段恋爱？你不是害人吗？问题就在于，首先我确定自己是这样的人还是没多久的事，其次从某一些事来看，最早的恋爱经历对我的影响也是显而易见的，如今我的认知模式、价值观和哲学倾向确实更适合一种独来独往的人生：建立在飘忽的“浪漫爱情”（romance）之上的承诺，总是容易遭到我这样一个康德主义者的怀疑，因为我们不能承诺一种我们无法控制的东西（“我爱你一生一世”）。与此同时，我又是一个威廉斯主义者，这意味着任何伤害自己“人格整全”（integrity）的东西，都应该尽量避开。爱情对于我来说就是这样一种东西：我和爱情碰到一块，两者必有一伤。因为听说不肯为爱牺牲原则的人，本质上还是“自私”，不懂得爱情的真正价值，那我干脆就承认配不上爱情好了。对此我毫无隐瞒。

如此说来，那些过往的爱情故事，对我意义何在？和一些人猜测的不同，我不为现在的状况感到遗憾。十几岁的时候，我最希望成为自己现在的样子，因为“为情所困”一困就要困很久，其他事根本就没法干。我还会对人心动（尽管持续的时间短了点），依然懂得如何讨女生欢心（只是持续的时间短了点），知道怎么样把消极的后果降到最低（坦诚相告，像写这篇文章这样），最让我安慰的是，我这辈子还是爱过人的。写过的故事以及写故事这件事，都让我受益匪浅。我翻回那些故事，就好像一个在外面的世界站稳脚跟的富翁回到自己成长起来的贫民窟，生存的焦灼已尽数散去，往事尽管不可复现，却在心里凿出一股暖流。我想起自己每次写完一个故事，只要我给故事提供了一个满意的叙述框架或解释模型，之前遭受的所有不安和苦痛都会化为创作的喜悦和智性的快乐。写作对于我，就是从自己的万般经历提炼坚厚的质料，为自己的“人格整全”添砖加瓦。

我无数次致敬的一个人是伍迪·艾伦（Woody Allen），我相信他有着和我一样多的毛病：我们的礼貌教育我们，不要轻易去对别人下判断（judge），但是我们看他在电影里，喋喋不休都是在对别人指手画脚，戏里戏外都以此为乐。而他最让我佩服的地方，就是他再怎么自黑，还是完全接受了这样的自己，并且把那些“缺陷”和“无礼”转化成让人赞叹的创造力。我承认自己千疮百孔，却依然爱着自己，还有这个世界。这比我会不会成为一个好男人要重要得多。

图书在版编目（CIP）数据

那些被我们辜负的人 / 陈纯著. -- 北京：中国友谊出版公司，2016.2
ISBN 978-7-5057-3662-7

Ⅰ. ①那… Ⅱ. ①陈… Ⅲ. ①故事-作品集-中国-当代 Ⅳ. ①I247.8

中国版本图书馆 CIP 数据核字（2015）第 317414 号

书名 **那些被我们辜负的人**
作者 陈　纯
出版 中国友谊出版公司
发行 中国友谊出版公司
经销 新华书店
印刷 东莞市信誉印刷有限公司
规格 880×1230 毫米　32 开
8.25 印张　130 千字
版次 2016 年 2 月第 1 版
印次 2016 年 2 月第 1 次印刷
书号 ISBN 978-7-5057-3662-7
定价 35.00 元
地址 北京市朝阳区西坝河南里 17 号楼
邮编 100028
电话 （010）64668676